徳間文庫

婿殿開眼八

奔走虚し

牧　秀彦

徳間書店

目次

【主な登場人物】

笠井半蔵　百五十俵取りの直参旗本。下勘定所に勤める平勘定。

佐和　笠井家の家付き娘。半蔵を婿に迎えて十年目。

お駒　呉服橋で煮売屋『笹のや』を営む可憐な娘。

梅吉　『笹のや』で板前として働く若い衆。

矢部駿河守定謙　新任の南町奉行。

梶野土佐守良材　勘定奉行。半蔵の上役。

高田俊平　北町奉行所の定廻同心。半蔵と同門の剣友。

仁杉五郎左衛門　南町奉行所の年番方与力。

堀口六左衛門　廻方の筆頭同心。

宇野幸内　南町奉行所の元吟味方与力。

政吉　俊平配下の岡っ引き。

遠山左衛門尉景元　北町奉行。
鳥居耀蔵　目付。
筒井伊賀守政憲　元南町奉行。

金井権兵衛　矢部家の元家士頭。内与力。
浪岡晋助　浪人。天然理心流の門人。半蔵と俊平の弟弟子。
孫七　下勘定所の雑用係。忍者の末裔。
三村右近　南町奉行所の見習い同心。左近の双子の弟。
三村左近　右近の双子の兄。

【単位換算一覧】

一尺（約三〇・三〇三センチ）　一寸（約三・〇三〇三センチ）　一分（約〇・三〇三〇三センチ）　一丈（約三・〇三〇三メートル）　一間（一・八一八一八メートル）　一里（三・九二七二七キロメートル）　一斗（一八・〇三九一リットル）　一升（一・八〇三九一リットル）　一合（〇・一八〇三九一リットル）　一勺（〇・〇一八〇三九一リットル）　一貫（三・七五キログラム）　一斤（六〇〇グラム）　一匁（三・七五グラム）　一刻（約二時間）　半刻（約一時間）　四半刻（約三〇分）　等

第一章　傷心の南町奉行

一

天保十二年（一八四一）も十月を迎え、陽暦ならば十一月半ば。

晩秋の晴れ渡った空の下、日本橋の通りは今日も賑わっていた。

「まぁ、見事な細工ですこと……」

目当ての小間物屋に入って早々、佐和はうっとり。

佐和の眼を釘付けにしたのは、透かし彫りも見事な銀の簪。去る五月に幕府が倹約令を発し、宝飾品に高価な材料を用いることが制限されて以来、手に入りにくくなった逸品だ。当然ながら、値も高い。

「遠慮するには及ばぬぞ。気に入ったのならば、買うといたそう」

迷う佐和に半蔵は笑顔で告げる。

「よろしいのですか、お前さま？」

「うむ」

「まぁ嬉しい」

佐和の表情が、ぱっと輝く。

にこやかにうなずく半蔵は、心はもとより懐も余裕たっぷり。武州での影御用から生還した後、報酬をたんまりせしめていたのである。

「あの折はそなたにも苦労をかけた。簪の一本や二本、買うのを惜しんでは罰が当たるというものだ」

「そういうことでしたら、櫛も欲しゅうございます」

「ははは、好きにいたせ」

夫婦仲も良好な二人を、先程から一挺の駕籠が尾けていた。

小間物屋に入ったのを見届け、今は通りの反対側で待機中。

武家専用の、引戸が付いた乗物である。

乗っているのは裃を着けた、壮年の武士。

じっと戸の隙間から目を凝らしていても、半蔵はまったく反応しない。

愛妻を連れての外出に浮かれてしまい、剣術と忍術の修行で鍛えた持ち前の勘も鈍っているらしかった。

あるいは気付いていながら、わざと無視をしているのか。

（早う声を掛けてくれ笠井。いつまでも恥ずかしい真似をさせるでない……）

乗物の中で悶々とする武士の名は、矢部定謙。

南町奉行の職を務めて半年になる、大身旗本である。

あるじの定謙にも増して気が気でないのは、路傍に停めた乗物を離れて見守る供の面々。担ぎ手の陸尺以外は分散し、目立たぬように身を潜めていた。

町奉行は、一万石の大名に準じた格式を持つ。当然ながら供も多く、陸尺まで含めた頭数は、軽く二十人を超えていた。

嫌でも目立つはずなのに、どうして半蔵は気付かぬのか。

やはり、無視されているのだろうか――。

誰もがそんな疑いを抱いてしまうほど、半蔵は店の表に目も呉れずにいる。

今日に限ったことではなく、このところ数寄屋橋に寄り付きもしないのだ。

定謙も気を揉むぐらいならば小間物屋の前に乗り付け、堂々と呼び出せばよいのだろうが、そんな真似はできかねる。

半蔵に対し、定謙は負い目があった。無骨な半蔵の腕前と人柄を見込み、これまでさんざん頼っておきながら、裏で汚い真似をしていたことである。

疎遠になってしまったのも己の至らなさが原因なのだろうと自省し、かつての愚行を恥じる余り、声も掛けられずにいた。

こちらから近寄れぬ以上、半蔵が気付いてくれるのを期待するしかない。

しかし、半蔵は愛妻と買い物中。簪に続いて高価な櫛を選び始めた佐和に渋い顔を見せるどころか、嬉々として付き合っている。

こんなに楽しげな半蔵を、定謙は今まで見たことが無い。

旧知の仲の南町奉行がすぐ近くまで来ており、助けを求めているとは、夢想だにしていないらしかった。

(気付いてくれ、笠井……おおっ!)

悶々とするばかりの定謙の表情は、ぱっと明るくなった。

買い物を終えた二人が小間物屋の暖簾を割って、店の表に出てきたのだ。

だが、喰らったのは肩すかし。

路上に停めた乗物の傍らを、そのまま素通りされたのだ。

（おい笠井、待て、待ってくれー！）

定謙の気も知らず、半蔵と佐和は遠ざかっていく。

二人は本当に仲が良さげである。

武家の習いで手をつなぐどころか肩を並べることもままならないが、先だって八王子で直面した危機を乗り越え、夫婦のつながりは一層強くなっていた。

「簪に櫛、それに笄まで……ありがとうございまする、お前さま」

「たまさかのことだ。気にせずともよい。はははは」

「まぁ、いつになく豪気ですこと」

半蔵の態度に釣られて、佐和も微笑む。

夫婦の仲はますます良好。

赤の他人が割って入る余地など無いのは明らかだったが、定謙は諦めない。

「後を追うのだ！　早う！」

引戸越しに一声命じ、背筋を伸ばして座り直す。

待機していた四人の陸尺が、慌てて乗物を担ぎ上げる。

走り出した乗物の中、胸の内で定謙はつぶやく。

（おぬしの助けが要るのだ。手を貸してくれ、笠井……）

祈るのに似た気持ちで念じつつ、絶えず視線を前に向けていた。

二

定謙が笠井夫婦を見つけたのは、四半刻ほど前の昼下がり。江戸城中での勤めを終え、奉行所へ向かう途中のことだった。

町奉行は毎日忙しい。

登城の刻限は昼四つ（午前十時）。いつも夜明け前に出仕する勘定奉行より少しはマシだが、朝一番から老中たちの質問攻めに応じ、昼八つ（午後二時）には慌ただしく下城して奉行所に戻り、江戸市中の刑事と民事に関わる、膨大な案件を日々裁かなくてはならない。

そんな毎日の繰り返しに、定謙は疲れていた。

今日も殿中から退出するや、口を衝いて出るのは溜め息ばかり。

（いかんのう。またしても、ご老中から職を辞せと迫られてしもうた……）

ぼやきが尽きぬ定謙は、まだ五十代の男盛り。

有事に幕軍の先鋒となって戦う御先手組の鉄砲頭として、三十代の若さで火付盗賊改の長官職を勤め上げた偉丈夫も、このところ衰えが著しい。

彫りが深く、男臭かったはずの顔には皺が目立ち、四肢が太くて頑健だった体も以前と比べて小さく見える。明らかに一回り痩せていた。

（はー、気が滅入るわ）

駕籠に乗って早々、定謙はまた溜め息を吐く。

世の旗本にとって憧れの職に就き、官位も左近衛将監から駿河守に昇ったものの当初の晴れがましさは早々に失せてしまい、増えていくのは心労ばかり。

そんな気分と裏腹に、空は雲一つなく晴れている。

城を後にした乗物は、大名小路を進んでいく。

大名や旗本が行き来するため、御成道とも呼ばれる通りである。

朝の登城では互いの供侍が先を争い、追い越そうとぶつかり合うのもしばしばだが、午後に下城するときはみんな行儀がいい。

定謙の乗物も粛々と通りを進んでいく。

この御成道を抜ければ、南町奉行所がある数寄屋橋は目の前だ。

夏にはキツかった陽射しも、冬が間近な今は穏やかそのもの。吹く風が冷たい中で心地よい温もりを感じさせてくれる。

だが、定謙への風当たりは弱まるどころか増す一方。

南北の町奉行に無理を強いているのは、老中首座の水野忠邦（みずのただくに）。自他共に認める堅物（かたぶつ）にして、悪（あ）しき幕政改革を推（お）し進める元凶だった。

閏（うるう）一月に大御所の徳川家斉（とくがわいえなり）公が没したのを機に忠邦が反対派を一掃し、天保の改革を本格始動させたのは、去る五月十五日。贅沢三昧（ぜいたくざんまい）で民の楽しみにも理解のあった家斉がいなくなったのを幸いに、将軍の家慶（いえよし）公を味方に付けて幕府の財政を緊縮し、質素倹約を奨励している。

そんな堅物が上にいれば、息が詰まるのも当たり前。

このところ定謙が衰え著しいのも、無理はなかった。

（あー疲れた……伊豆辺りの湯治場で、何も考えず過ごしたいものじゃ……！）

また溜め息を吐こうとした刹那、くわっと定謙が目を見開いた。

「と、停めよ」

担ぎ手の陸尺たちが一斉に足を止めた。

大名や旗本が下城中に乗物を停止させるなど、滅多にないことである。

駕籠脇に付いた侍たちより先に反応したのは、馬に乗って供をしていた内与力の金井権兵衛。

あたふたと馬から降り立ち、急停止した乗物の傍らに膝を突く。

「だ、大事はございませぬか、お奉行っ」

問いかける権兵衛の口調は不安で一杯。

それもそのはずである。

近頃の定謙は、見るからに調子が悪い。

町奉行の職に就く以前、老中首座の水野忠邦に疎まれて左遷続きだった当時は酒浸りで目が離せなかったものだが、近頃は近頃で、毎日体調が気にかかる。

仕事も学業も、程々が肝要である。閑すぎても、忙しすぎてもいけない。

多忙を極めた定謙は、心労が日々溜まっている様子。

まさか気分が悪くなりすぎて、駕籠にも乗っていられなくなったのか。

「お奉行、お奉行！」

重ねて呼びかけても、返事は無い。

権兵衛の顔は強張っていた。

発作でも起こし、声も出せないほど苦しんでいれば一大事。

かくなる上は、礼儀も何も有りはしない。

「御免」

権兵衛は引戸に手を掛ける。

刹那、定謙の上ずった声が聞こえてきた。

「……あれを見よ、金井」

「は？」

「あれじゃ、あれ」

ホッとしながらも、権兵衛は戸惑いを隠せない。

体調には異常はなさそうだが、明らかに態度がおかしい。

続く一言で、理由は分かった。

「……笠井半蔵だ。共に居るのは妻女ではないか」

「さ、左様にございまする」

「相違あるまいな？」

「ははっ。あれほどの佳人、一度目にいたさば忘れませぬ」

念を押されてうなずく権兵衛の視線の先には、半蔵に伴われた佐和の姿。以前に駿河台の屋敷を訪ねたときに顔を合わせ、その美貌は記憶済み。

笠井夫婦と出くわしたのは、まったくの偶然だった。

佐和はもとより半蔵も定謙一行に気付かぬまま、御成道を同じ方面——数寄屋橋へ向かって歩いていた。

「昼日中から妻女を連れて外出となれば目的は買い物、行き先は日本橋といったところであろう……取り急ぎ後を尾けるぞ、金井」

「何のためでありますか、お奉行」

「知れたことよ。助勢を頼むのだ」

「ご助勢、ですか」

「願わくば再び笠井の手を借りたいと、かねてより言うておっただろう」

「は……」

権兵衛は押し黙る。明らかに不満げな面持ちだった。

何も半蔵が嫌いなわけではない。かつて定謙のために働いてもらっていた頃は親しく言葉を交わし、連絡役を務めてもいた。

しかし、あくまで半蔵は門外漢。

南町奉行の職に就く以前、定謙が下谷の二長町に構えていた屋敷に住み込んで警固してくれたこともあるとはいえ、同じ家中の仲間とは違う。

あるじが子飼いの臣を差し置いて、家来でも何でもない半蔵にばかり頼るのは口惜しい。追跡を諦めさせたくなったのも、人として当然の感情だった。

「御乗物のままでは、すぐに気取られてしまいますぞ」

「分からぬのか、金井？　それでいいのだ」

「殿……」

「わざと目立つようにいたさば、必ずや笠井はこちらに気付く。さすれば礼を欠くわけにもいかず、向こうから挨拶をして参るだろう」

「それで旧交を温めようとのご所存ですか」

「そうだ。いかんか」

「何と……」

権兵衛は頭がくらくらした。そこまでして半蔵と接触を図りたいのか。

「情けのうございまする。何も、そのような真似までなさらずとも……」

「ええい、うるさい！」

異を唱えるのを許さず、定謙は一喝する。

「儂は笠井の力が要るのだ！　黙って言われたとおりにせい！」

「し、承知つかまつりましたっ」

権兵衛は慌てて引戸を閉めた。

もとより定謙は何であれ、言い出したら後には引かぬ質。善かれと思ったことは何を措いても実行し、己が意見を押し通さずにいられない。

そんな気性の持ち主だから、水野忠邦に嫌われ、たびたび左遷の憂き目を見させられても、生来の頑固さをまったく改めようとせずにいるのだ。

笠井夫婦を尾けろと言われた以上、やるしかあるまい。

尾行を渋れば苛立った定謙は乗物から飛び降り、裃姿のままで勝手に後を追いかねない。そんな真似をされては、家来も赤っ恥だ。

やむなく権兵衛は腰を上げ、陸尺たちに小声で命じた。

「御乗物を疾く進めよ……」

「ほんとに笠井の旦那を追っかけるんですかい、内与力様ぁ？」

気が進まぬ様子の陸尺は、半蔵と顔見知り。

思うところは権兵衛も同じだったが、あくまで厳めしく命じるしかない。

「聞こえておったであろう。殿のお望みどおりにせい」

「何もそんな、情けねぇ真似をしなくってもよろしいんじゃ……」

「黙って仰せに従うのだ。早う」

「へい……」

権兵衛の命を受け、陸尺たちはえっちらおっちら動き出す。

彼らの言い分ももっともだった。

笠井家は、わずか百五十俵取りの小旗本。

同じ直参とはいえ、今や町奉行として三千石を給される矢部家とは、天と地の開きがある。たしかに、情けない。

しかし、当の定謙が気付いてもらうのを待つと言う以上、権兵衛も陸尺も家来として従うより他になかった。

回りくどいやり方だが、仕方が無い。

半蔵と立場が対等ならば、定謙から詫びを入れたほうが話は早いだろう。

だが、こちらは腐っても町奉行。

相手の職場である下勘定所はもちろん、駿河台の屋敷にも訪ねていくのは立場の上で許されぬことだが、たまたま往来で出くわしたとなれば話は違う。

気付けば半蔵も無視できず、挨拶してくるはずだ。

声を掛けられたのを幸いに過去の過ちを詫び、改めて助けを求めるのであれば何ら不自然ではあるまい。

かくして尾行を始めたものの、見込みは甘かった。

一向に気付いてもらえず、埒が明かない。

馬上の権兵衛も、乗物を担ぐ陸尺たちも、みんな気が気でなかった。

むろん、一番焦れていたのは定謙である。

小間物屋の前での待機中も、心が折れそうだった。

(儂は何をやっておるのだ……)

定謙は萎えがちな心と戦っていた。

(とにかく、ここまで来たからには待つのみぞ……)

目を凝らし、じっと引戸の隙間から覗き見る。

久しぶりに出会った半蔵は、以前にも増して潑剌としていた。

六尺近い長身は、背筋が伸びていて格好いい。

今日は非番らしく、装いは私服の羽織袴。

佐和は夫の後に続き、しおらしく歩を進めている。

目の当たりにするのは初めてだったが、かねてより噂は山ほど耳にしていた。

(あれが旗本八万騎の家中随一の佳人と謳われし、笠井の家付き娘か……聞きしに勝る美形だのう……程よく齢を重ねた様が、また良い……)

評判の美女を前にして、定謙は興味津々。

木石に非ざる身ならば、当然の反応と言えよう。

佐和はただ美しいだけではなく、気も並外れて強いという。

（そういえば笠井め、妻の扱いに難儀しておるとぼやいておった……ふっ、あれほどの美女ならば尻に敷かれてもいいではないか。果報者め）

以前に半蔵から聞かされた愚痴を思い出し、定謙は苦笑する。

だが、そんな愚痴が出たのも過去のこと。

定謙と付き合いが絶えている間に、夫婦の仲は改善されて久しかった。

夫婦仲が良くなれば、考え方も自ずと変わる。

上つ方にそそのかされ、影御用と称する汚れ仕事をやらされるより、愛する妻を護るために腕を振るいたい。近頃の半蔵は、そんな心境に至っていた。

三

「む……」

半蔵が顔を上げた。

定謙の熱い視線に気付いたわけではない。

佐和の様子がおかしいのだ。

小間物屋を出てからのことである。

買い物を楽しんでいたときの表情はどこへやら、佐和は歩きながら美しい顔を曇らせている。

思い当たる理由は、ひとつしかなかった。

「大事ないか、佐和」

「は、はい」

「振り向くでない……俺が付いておる故、そのまま前に進むのだぞ」

穏やかな声で指示を与えつつ、半蔵は気を巡らせる。

相手に気取られるのを避けるため、視線は前に向けたままだった。

(頭数は三人……二人は家来か……)

背後から迫る邪悪な気配は、姿を見ずとも察しが付く。

佐和に執着する男が、密かに後を尾けていたのだ。

美人すぎる妻を持つのも考えもの。

しかも、今度の相手は厄介だった。

「こっちだ」

「はいっ」

佐和を促し、半蔵は手近の茶屋に入った。

背中で隠すようにして床机に腰掛け、さりげなく視線を巡らせる。

懲りぬ男の姿は、通りの反対側に見出された。

当年三十三歳の半蔵より若く、まだ二十代の半ばといったところ。目鼻立ちは形良く整っており、六尺近い半蔵には及ばぬものの、背が高い。

着ているものも大小の刀も、見るからに値が張りそうである。

来る途中で髪結床に寄ったらしく、鬢付け油が品よく煌いていた。

それでいて、漂わせる雰囲気は下品そのもの。

半蔵の存在を意に介さず、舐めるような目つきで佐和を見ている。

お付きの家士らしい二人の侍も、品が悪い。

いずれも二十歳そこそこ。お仕着せの羽織と袴をきちんと着こなし、男ぶりも悪くなかったが、口元には絶えず卑しい笑みを浮かべていた。若殿の邪な目的を承知の上で、諫めるどころか嬉々として付き従っているのは明白だった。

主従揃って、碌な手合いではない。

（しつこいのう、ハエでもあるまいに……）

半蔵は胸の内で毒づいた。

このところ佐和に付きまとっていたのは、さる大身旗本の跡取り息子。

諦めの悪さは、これまでに言い寄って来た男たちの中でも抜きん出ていた。

すでに佐和は二度、面と向かって拒絶している。

最初は往来で口説かれ、相手の立場を気遣って控えめに。そして二度目は駿河台の屋敷に押しかけたため、手厳しく叱り付けて追い返したのだ。

並の手合いであれば、そのぐらいで片は付いていただろう。

優美な外見に反し、佐和は並外れて気が強い。甘く見て誘惑してきた男は予期せぬ罵倒に誰もが衝撃を受け、二度と近寄らぬのが常だった。

この若殿もこっぴどい目に遭い、十分に懲りたはず。

それなのに引き下がるどころか、以前にも増してしつこい。

毎日しつこく訪ねて来て、若党や中間が追い返そうとしても手に負えない。

さすがの佐和も恐怖を覚え、近頃は独りで外出もできずにいた。

ならばと半蔵が同行の上で気晴らしの買い物に出かけても、この有り様だ。

放って置けば、どこまで暴走するか分かったものではない。

（決着を付けるか……）

意を決し、半蔵は床机から立ち上がった。

相手が御大身の若様だからといって、いつまでも遠慮をしてはいられまい。

「お前さま」

「大事ない。そのまま座っておれ」

佐和を安心させるべく、半蔵は微笑みかけた。

背後に向き直ると同時に笑みは消え、精悍な顔がきりっと引き締まる。

痺れを切らした若殿は通りを横切り、こちらに迫っていた。

応じて、半蔵は前に立ちはだかった。

「何用にござるか」

「退け、下郎！」

若殿は居丈高に告げてくる。

無遠慮に首を伸ばし、半蔵の肩越しに佐和を見やる視線はいやらしい。お付きの侍たちも、揃ってにやけていた。

腹立たしい限りだが、先に手を出すわけにはいかない。

相手は腐っても、格上の旗本の跡取り息子。

対する笠井家は、わずか百五十俵取り。こちらから喧嘩(けんか)を売ったとなれば責を厳しく問われ、下手をすれば腹を切る羽目になるだろう。

だが、相手が先に仕掛けて来れば話は違う。

少々痛め付けたところで、やむなく応戦したと言い訳が立てば何とかなる。

(さぁ来い、若造ども)

半蔵は黙って壁となり、三人組の行く手を阻む。

「こやつ、いい加減にせい!」

若殿が声を荒らげた。

(いい加減にするのはお前だ)

胸の内でつぶやくのみにとどめ、半蔵は無言で見返す。

体格の差は歴然。

腕っ節の強さも、もとより明白だった。

「おのれ、邪魔立てするか!」

思惑どおり、若殿は苛立ちを隠せなくなってきた。

半蔵にしてみれば好都合なことである。

（さぁ怒れ、どんどん怒れ）

とっとと手を出して来ればいい。怒りで我を忘れ、斬りかかるなり殴りかかるなりしてくれれば、こっちのものだ。

だが、事は半蔵の思惑どおりに運ばなかった。短気な若殿に付けられた二人の侍は慎重にして、したたかな手合いだったのである。

「なりませぬぞ、若」

「こやつは我らにお任せを……」

口々に言いながら若殿を抑え、ずいと代わりに進み出る。

二人揃って、にやついている。

腕に自信もあるのだろうが、人を食った態度と言うしかない。

侮蔑の笑みを絶やすことなく、侍の一人が半蔵に告げた。

「大きな顔をするでないぞ、うぬ」

「何……」

「旗本の婿殿と申さば聞こえはいいが、うぬは笠井の家に入るまで武州の田舎に預けられ、名も知れぬ剣を学んでおったそうではないか?」

「おのれ、天然理心流を愚弄いたすかっ」

思わず半蔵は語気を強めた。

対する侍は涼しい顔。

「そうか、天然何とかと申すのか。おぬしは知っておるか」

にやにや笑いながら、相棒に話を振る。

「いーや、知らぬな」

応じて、今一人の侍は嫌みを吐いた。

「わが師匠も兄弟子たちも、そんな流派など聞いたこともないとの仰せであったよ。果たして市中に道場があるのかのう?」

白々しいことを言うものだ。

この二人が若殿の手足となって暗躍し、駿河台の屋敷ばかりか、半蔵が稽古に通う市谷柳町の試衛館にも探りを入れていたことは、すでに分かっている。

わざと半蔵を怒らせて、先に手を出させるつもりなのだ。

くだらぬ挑発に乗せられてはなるまい。

半蔵は無言で侍たちを見返す。

応じて、二人の侍は代わる代わる暴言を吐いた。

「うぬの生家は築地の村垣家……弟御は、小十人組の村垣範正様であろう」

「それが何としたか。弟を愚弄いたさば許さぬぞ」

「滅相もない。畏れ多くも上様を護り奉っておられる御仁を悪くは言えぬ」

「ならば、何と申すつもりか」

「知れたことよ。文武に秀でた弟御と違うて、うぬは何だ。妾腹の生まれで義理の母御に持て余され、屋敷を出されたのであろう？　それで一念発起し、勉学に励んで出世したなら大したものだが、体ばかりでかくて能無しではないか」

（おのれ……）

胸の内で毒づきつつ、半蔵は怒りに耐えた。

言い返されぬのを良いことに、侍たちはほざき放題。

「聞いておるぞ。うぬは御勘定所に代々勤めし家に婿入りしておきながら、算盤も碌に扱えなんだそうだな？　それでよく、婿が務まるものよ」

「左様、左様。おまけに、後継ぎの子も未だ作れぬとはな」

「奥方を満足させられぬとは情けなや、情けなや」

「はははは」

声を揃えて笑い出す侍たちを、半蔵は思わず睨み付けた。

自分の不出来なところをあげつらって馬鹿にされるのは、止(や)むを得まい。

しかし学び修めた剣の流派と、佐和を悪しざまに言われるのは許せない。

拳(こぶし)を固め、半蔵は前に出る。

次の瞬間、続けざまに侍たちの頬が鳴った。

佐和が傍らをすり抜け、速攻で張り手を喰らわせたのだ。

「な、何をいたすか⁉」

「お前さまは下がってくだされ」

肩越しに半蔵に告げる口調は、有無を言わせぬ響きを帯びていた。

侍たちを鋭く見返し、一喝浴びせる声も頼もしい。

「貴方たちも下がりなさい、無礼者ども！」

しかし、ふてぶてしい二人は平気の平左(へいざ)。

揃いも揃って、余裕の笑みを絶やさずにいる。

「ははは、気の強い奥方だ」

「若がお気に召したのも無理はあるまい。あわよくば俺も御相伴に与りたいぞ」

赤くなった頬をつるりとひと撫でしただけで、まったく堪えていない。

「イキのいいうちにお屋敷へ連れてお帰りになられませ、若」

「それがよろしゅうござる。こやつは我らにお任せを」

釣られて笑う若殿に告げつつ、侍たちは半蔵に向き直った。

二人とも刀に手を掛けている。

軽輩とはいえ、武士が町中で抜刀するのは大事だ。それが何のためらいもなくできるのは、百五十俵取りの小旗本など取るに足らぬと軽んじていればこそ。

ここまで甘く見られては、半蔵も我を失わずにいられない。

どのみち、これ以上は耐えられそうになかった。

「おのれ！」

はっきりと声に出しつつ、佐和を後ろ手に庇って仁王立ちとなる。

と、そこに争いを遮る声。

「待たれよ、各々方」

歩み寄ってきたのは金井権兵衛。

さりげなく、半蔵と若殿たちの間に割って入る。

「何だ、うぬ！」

「邪魔立ていたさば承知せぬぞ！」

出ばなをくじかれた侍たちは刀に手を掛けたまま、口々に凄んで見せる。

舐められたのも無理はなかった。

権兵衛は顔つきこそ厳めしいが体つきはずんぐりむっくりで、着ている袢も内与力用の質素なもの。お世辞にも、貫禄があるとは言いがたい。

「下がりおれ、下郎！」

居丈高な若殿は、半蔵に続いて権兵衛まで下郎呼ばわり。

だが、権兵衛は引き下がらなかった。

「ご無礼をつかまつる」

無礼極まる三人組に一礼しながらも、臆することなく言い放つ。

「それがしは矢部駿河守定謙が家中の者。わが殿の所望により、笠井氏をお連れいたしに参った次第にござれば、この場より退いていただきたい」

「何……」

定謙の名前を出したとたん、真っ先に逃げ腰になったのは若殿だった。

「す、駿河守様だと？」

「み、南のお奉行か……」

恐れ知らずの侍たちまで動揺した声を上げたのも、無理はない。

町奉行は、旗本と御家人の犯罪を摘発する目付と繋がりを持っている。

南北の町奉行は町人を裁く権限しか持っていないが、日頃から付き合いのある目付衆に進言さえすれば、大身旗本を罪に問うこともできるのだ。

十名から成る目付衆の中でも、水野忠邦の懐刀と呼ばれる鳥居耀蔵はとりわけ厄介な手合いだった。

定謙が耀蔵と裏で繋がりを持ち、南町奉行の座に就くために力を借りたことは旗本たちの間で公然の秘密。あの耀蔵に目を付けられれば、若殿の父親に迷惑がかかるのは必定。あらぬ罪を着せられ、家名断絶に追い込まれるかもしれない。

さしもの若殿が恐れおののいたのも、無理はなかった。

無頼（ぶらい）を気取っていても、親には逆らえない。

「若……」

「う、うむ」

侍の一人に促され、若殿は踵（きびす）を返す。

「このままでは済まさぬぞ！　覚えておれ！」

今一人の侍が吐いた捨て台詞（ぜりふ）も、声こそ大きいものの勢いがなかった。

恐らく、二度と佐和に手は出せまい。

「かたじけない、金井殿」

「何の、何の」

半蔵に礼を告げられ、権兵衛は笑顔で答える。

その後ろでは乗物の引戸を自ら開けて、定謙が微笑んでいた。

半蔵と若殿一味の争いを目撃し、この場は正体がばれてしまっても助けに入るより他にないと判じ、災い転じて福と成すべく権兵衛を差し向けたのだ。

されど、恩を売って大きな顔をするのは恥ずべきことだ。

相手が進んで感謝し、歩み寄ってくれるのを期待しよう。

定謙も権兵衛も、そんな気持ちで半蔵の続く言葉を待っていた。

期待に違わず、半蔵の態度は慇懃そのもの。

「ご助勢いただき、衷心より御礼を申し上げます」

「うむ」

深々と頭を下げられ、権兵衛は鷹揚にうなずく。

見守る定謙も上機嫌。

半蔵は慇懃に言葉を続けた。

「まことに助かりました。この御礼は、改めてさせていただきまする」

これから数寄屋橋まで同道し、あるじの定謙と旧交を温めてくれないか。そう提案するつもりの権兵衛だったが、半蔵は付け入る隙を与えなかった。

「左様か。ならば……」

「近日中に若党に粗品を届けさせます故、これにて御免」

「は？」

唖然とする権兵衛に一礼し、半蔵は去っていく。

佐和も口添えをしてくれず、去り際に黙って頭を下げただけ。

かつての恐妻ぶりが健在ならば、こんな真似はするまい。格上の南町奉行に無条件で敬意を払い、半蔵の意など介さずに、首根っこを摑まえてでも定謙の望むがままにしてくれていただろう。

だが、今や違う。

夫が決めたことに、もはや佐和は余計な口出しをしないのだ。

定謙は半蔵を危険な影御用に熱中させた元凶。二度と近付けたくないし、窮地を救ってもらった礼以上のことは、させたくない。

そんな決意が、去り行く佐和の背中から見て取れる。

定謙と半蔵の蜜月の日々は、すでに過去。夫婦の絆が揺るぎないものになると同時に、こちらとの縁は切れてしまったのだ。

関係の修復は、二度と望めぬことなのだろうか——。

「笠井……」

乗物の引戸にもたれかかり、定謙はガックリと肩を落とす。

見守る権兵衛はいたたまれない面持ち。あるじのために半蔵を何とかしたいと願いながらも、答えを見出すことはできなかった。

第二章　立ち上がれ半蔵

一

江戸城の外濠(そとぼり)に架かる数寄屋橋を渡って御門を潜(くぐ)ると、南町奉行所の黒渋塗りの門が見えてくる。

矢部定謙が奉行所に戻って一刻余り。午後の仕事が一段落ついた頃には、早くも陽は暮れつつあった。

秋の日はつるべ落とし。

夕七つ（午後四時）を過ぎれば、あっという間に辺りは暗くなる。

障子越しに射す夕陽が、定謙の疲れた顔を照らしていた。

（やれやれ、もはや笠井は当てにならぬか……）

半蔵に突き放されたことで、意気は消沈したままだった。

力無く脇息にもたれて溜め息を吐く姿は、何とも頼りなげ。悲しい哉、かつての偉丈夫も見る影が無い。

脇息にもたれかかり、定謙は溜め息を吐く。

（ご老中は儂に致仕しか望んでおらぬ。いよいよこれまでか……）

定謙が言う「ご老中」とは、水野忠邦のことである。

忠邦は当年四十八歳。

今でこそ幕政の現場を仕切る天下の老中首座だが、若い頃は大御所の家斉公と側近たちに疎まれ、長らく政の実権を握れずにいたものだ。

無理もあるまい。

忠邦は自他共に認める堅物で、融通が利かぬ質。

己が正しいと思ったことは何としても押し通そうとする反面、他人の意見を決して認めようとしない。

だが、在りし日の家斉公は違っていた。

徳川の血筋を保つために子作りに励む信念を持ち、大奥の贅沢を許す代わりに民に対して寛容で、文化や世間の流行に理解がある、愛すべき人柄だった。

対する忠邦は、真面目と言えば聞こえはいいが、何事にも堅実すぎる。堅物の上に人情を解さず、家臣にも冷たいとあっては家斉公に嫌われ、遠ざけられたのも無理はない。

そんな忠邦も年明け早々の大御所の死をきっかけに台頭し、今や幕閣の頂点に立って久しい身。定謙にとっては、最もやりにくい上役であった。

(なぜ、ご老中はああも料簡が狭いのか……民の暮らしを顧みずして、日の本の行く末を真摯に考えておるとは申せまい……)

心の中で愚痴りつつ、また定謙は溜め息を吐く。

不満を口に出せば少しはスッキリするのだろうが、ぶつぶつ独り言を繰り返していれば、金井権兵衛ら内与力衆に余計な心配をかけてしまう。

家斉公がもしも生きていれば、話を聞いてもらいたかった。

忠邦は幕政の改革を推し進める上で、あちこちに無理を強いている。

定謙の知る限り、大名から農民に至るまで、その強引なやり方に不満を抱かぬ者はいなかった。

とりわけ動向が案じられるのは、倹約令で暮らしを締め付けられ、日々不満を募らせている江戸の庶民たち。

(市中に怨嗟の声が満ちれば、暴挙に至るは必定ぞ……)

定謙の不安は尽きない。

かつて老中の田沼意次が失脚する原因となった天明の打ちこわしの如く、将軍のお膝元で暴動が起きては一大事。町奉行としては避けたい事態だったが、忠邦が老中首座で有り続ける限り、元凶の倹約令は撤廃されまい。公儀の方針である以上、定謙も勝手に取り締まりの手を緩めるわけにもいかなかった。

(ご老中は情が無さすぎる……緩急を使い分け、飴と鞭とを交互に与えてこそ荒ぶる輩も鎮まるというもの。人を束ねたことのある身ならば、もとより承知の上のはずなのだが……ううむ、分からぬ……)

まったく考えが合わない定謙と忠邦の仲は、日に日に悪くなる一方。

北町奉行の遠山景元と二人して苦言を呈し、厳しくするばかりが能ではないと再三訴えても受け付けられない。それどころか、愚民どもに肩入れをする定謙と景元は、町奉行にふさわしからざる痴れ者だと決め付けられる始末。

とりわけ定謙が嫌われるのは、性質が水と油だからである。

忠邦は何事にも細かく神経質。

片や定謙は万事に鷹揚で豪放磊落。

在りし日の家斉公と気の合っていた定謙が、上手くやっていけるはずがない。

（大御所様……いや、上様のお戯れにこっそり付き合わされたのが懐かしい。願わくば、あの頃に戻りたいものじゃ……）

嘆いても仕方のないことだった。

亡き家斉公はともかく、忠邦にとって定謙が無用の人材なのは明白。そのうち解任されるのは目に見えていた。

だが、進んで辞めたくはない。

定謙は火付盗賊改の長官を務めていた若い頃から、民の人気が高い。かつて名長官だった長谷川平蔵に及ばぬまでも、江戸の治安を守るのに力を尽くし、悪党ども相手に命懸けで戦い抜いた誇りがあるだけに、民の期待を裏切って、志半ばで役目を放棄することだけはしたくなかった。

しかも五十代にして仰せつかった町奉行は、火盗改以上に責任の重い役。悪党を捕らえて裁くだけでなく八百八町の行政にも携わる、後の世の警視総監と最高裁判所長、都知事を兼ねた要職なのだから、当然ながら権限も大きい。

そんな定謙の職を欲し、虎視眈々と狙っているのが鳥居耀蔵。

当年四十六歳の耀蔵は忠邦の懐刀にして、辣腕の目付である。

本来の役目は直参——将軍直属の家臣である、旗本と御家人の行状を監視することだが、耀蔵は幕閣を牛耳る忠邦の手足となって暗躍し、配下の小人目付や徒目付を動員して、高価な着物や宝飾品の売り買いを摘発したり、盛り場で芝居や落語、大道芸が演じられるのを中止させたりと、やりたい放題。

これでは南北の町奉行が密かに手心を加え、不景気の最中でも庶民にささやかな楽しみを残してやりたいと心がけていても、まったく功を奏さない。

耀蔵が危険であることに、定謙は今さらながら気付いたのだ。

あの男は、忠邦にも増して情が薄い。

人並みに妻子を持つ身でありながら、やることはすべて非情そのもの。洋学を目の仇にして蘭学者を弾圧し、かの蛮社の獄では関わりの無い者まで巻き込んで大勢を死に至らしめた。

何事も徳川の天下を護るために、直参旗本として為すべきことをやったと言うのであれば、定謙も同じ旗本として認めてやりたい。だが、蛮社の獄が幕府ためになったとは考えがたい。耀蔵は儒学（じゅがく）の権威である林家（はやしけ）の出で、大の蘭学嫌い。一族の意地とこだわりのため、気に食わぬ者を御用の名の下に抹殺したとしか思えない。その非情さのどこが気に入ったのか、忠邦は耀蔵を重く用いて止まずにいた。
（儂が致仕いたさば、ご老中は鳥居めを後釜に据えるは必定。さすれば江戸市中の奢侈（しゃし）取り締まりは苛烈を極め、民の暮らしは真っ暗闇だ……それだけは、何としても防ぎたい……）

しかし、現実は厳しかった。忠邦にとって、今や定謙は邪魔者。意のままに動かぬだけでも腹立たしいのに、面目まで潰されたからだ。去る七月十二日、幕府は三方領知替（さんぽうりょうちがえ）を撤回した。忠邦が財政の苦しい川越（かわごえ）藩に肩入れし、昨年から推し進めてきた庄内（しょうない）藩との国替えの一件を定謙は不当と見抜き、他の老中たちを通じて将軍に訴え、見事に中止させたのだ。

むろん忠邦は激怒したが、家慶公が認めたこととあっては逆らえない。

それでも怒りは収まらず、憎い定謙を南町奉行の座から引きずり落とすべく倹約令の不徹底を理由に連日責め立て、辞めさせようと躍気（やっき）になっていた。

致仕を拒み続ければ、強硬な手段を用いかねない。

いよいよ目障りになれば耀蔵に命じ、刺客を差し向けることも考えられる。

堅物だからといって、必ずしも常識人とは限らぬものだ。

忠邦はその気になれば、思い切った真似をする男。

幾ら幕政に参加したいからといって代々の豊かな土地を返上し、石高の乏しい領地に進んで国替えをしてもらおうなどとは、他の大名であれば考えまい。

目先の損得は別として、主君が代わって混乱する臣民の暮らしと、戦国乱世を生き延びて家名を残してくれた先祖の気持ちを思えば、そんな無茶ができるはずもないだろう。

だが、忠邦は将来の老中になるために、すべてをあっさり切り捨てた。

九州沿岸の警備を役目とする唐津（からつ）藩主のままでは国許から離れられず、江戸に常勤するのが前提の幕府の閣僚の一員に加われない、という勝手な理由で国替えを決断し、反対した家臣が腹を切っても聞き入れようとはしなかったのだ。将軍家と縁の深い川越藩の財政を救うため、内証の豊かな庄内藩を犠牲にしようとしたのも、忠邦ならではの身勝手な発想と言えよう。

（つくづく呆れたお人よ……恐ろしい、と言うべきか）

忠邦には、何をしでかすか分からない怖さがある。

嫌われるのは昨日今日に始まったことではないが、これまでは人事で嫌がらせをされ、左遷の憂き目を見る程度で済んでいた。

しかし、こたびは閑職に廻されるぐらいでは終わるまい。

命の危険を感じるようになって以来、毎日落ち着かないのも当たり前だ。

かつて火盗の長官として腕を振るった定謙も、五十を過ぎた今は剣技にも体力にも自信が乏しい。刺客を差し向けられかねない以上、腕の立つ半蔵に警固してほしいと願うのも当然だったが、今日も相手にしてもらえなかった。

「ああ、どうしたものか……ん？」

思わずぼやきが出た刹那、誰かが廊下を渡って来た。

町奉行所の建物は役所と奉行の住まいを兼ね、与力と同心の働く御用部屋などがあるのを表、奉行と家族が暮らす役宅を奥と呼んでいる。

表から奥に来たのは折り目正しく肩衣（かたぎぬ）と袴を着けた、壮年の与力。

温厚そうで品のいい顔立ち。黒無地の肩衣が良く似合う。

与力が常にきちんとした身なりでいるのは、同心たちの上に立ち、指揮を執（と）る立場であればこそ。二十名を超える南町の与力の中でも、その男は別格だった。

二

「失礼いたしまする」

壮年の与力は廊下に座り、慇懃（いんぎん）に一礼した。

「……仁杉（ひとすぎ）か」

応じる定謙の表情は厳（いか）めしい。

先程までぼやいていたとは思えぬ、変わり身の早さであった。

悩んでいる顔など、好んで他人に見せたくない。

ましてて相手は経験も豊富な、古参の与力。

罪人の如く吟味され、心の内を見透かされるのは真っ平御免。

そもそも用事があるのなら、内与力に取り次いでもらわねばならぬはず。勝手に奥へ渡って来るのは非礼というものだ。

相手が無礼と思えば、自ずと態度もキツくなる。

「何じゃ仁杉、案内も乞わずに何事か？」

「お疲れのところを申し訳ありませぬ。お奉行に謹んで申し上げたき儀がございますれば、無礼を承知で参上つかまつった次第でありまする」

「今でなくてはならぬのか？」

定謙はじろりと視線を返す。

「用向きがあらば、内与力に取り次ぎを申し出るのが筋であろう。金井らは何としたのだ？」

ぶっきらぼうに告げられても、仁杉五郎左衛門はまったく動じない。

重ねて頭を下げ、言上する態度にも隙は無かった。

「勝手ながら人払いをさせていただきました」

「何……」

「むろん金井殿には難色を示されましたが、押し問答の末にご遠慮を願った次第にございまする。拙者が無理を通したことにござれば、どうか内与力衆をお咎めなきよう」

道理で前触れも無く、いきなり姿を見せたわけだ。

五郎左衛門は形良く背筋を伸ばし、定謙の答えを待っている。

皺が目立ちやすい肩衣も、中に仕込まれた鯨の髭が張っていて形がいい。日頃から妻女が手入れを怠らず、当人もきちんと着こなしていればこそだった。

五郎左衛門、態度も装いも隙が無い。

いつまでも話をするのを拒んでいては、定謙こそ格好がつかなくなりそうだ。

大人げないと思われるのも御免だった。

定謙は溜め息をひとつ吐く。

「……入れ」

「ご無礼つかまつります」

三度目の座礼をし、五郎左衛門は膝立ちになって敷居を越える。

仁杉五郎左衛門は当年五十五歳。

役職は、与力が出世できる最高位の年番方。

現場を取り仕切る責任者だけに、奉行といえども粗略には扱えない。

腰を起こし、定謙は座り直す。

膝行して間合いを詰めてきた五郎左衛門を迎え、脇息を後ろに押しやったのは話を聞くときの作法。相手が目下であっても、欠かせぬ心得だ。

定謙と対面した五郎左衛門は、改めて頭を下げた。

「謹んでお奉行に申し上げます」

仏頂面で見返す定謙に、慇懃な面持ちで言上する。

「大晦日の申し渡しにつきまして、ご意向を承りとう存じまする」

「何じゃ、そのことか」

定謙は拍子抜けした声を上げた。

険しさは失せ、表情も明るくなってくる。

（勝手に事を進める奴だとばかり思うておったが……儂にわざわざ伺いを立てるとは仁杉め、存外に奥ゆかしいの）

五郎左衛門が持ち込んできた要件は、同心たちの人事に関することだった。

徳川幕府の組織はすべて、戦国の乱世の軍制に基づいている。

町奉行所勤めの与力は旗本、同心は御家人であるが、戦場での立場は軽い。

与力は騎馬武者とはいえ自前の馬を持たず、同心は鑓（やり）や弓鉄砲を担（かつ）いで徒歩（かち）で従軍する足軽に過ぎない。

直参でありながら御目見得を許されぬばかりか、将軍との関係も一代限り。

実情は父から息子に代々受け継がれるものの、大晦日の夜に与力は奉行、同心は所属する各組の与力をそれぞれ訪ね、年が明けても引き続き同じ役目を務めるように申し付けられるのが習わしだった。

それが決まりと言えば堅苦しいが、あくまで毎年の習慣のようなもの。

どのような難題を持ち込まれるのかと警戒していた定謙が拍子抜けし、思わず態度を和らげたのも無理はあるまい。

ところが、五郎左衛門の表情は変わらなかった。

「いちいち儂の許しを得るには及ばぬぞ。おぬしに委細任せる故、よしなに取り計らうがよかろう」

相談を持ちかけられただけで定謙が満足し、微笑み交じりに告げても、にこりともせずにいる。

「まことによろしいのですか、お奉行？」

問い返す態度も、変わることなく慇懃そのもの。慇懃無礼、と言うべきか。

「良きに計らえと申したであろう」

定謙が気色ばんだ。

すべて任せると言っているのに念を押されては、ムッとするのも当たり前。

しかし、続く五郎左衛門の一言には、顔色を変えずにいられなかった。

「三村右近を今年限りで御役御免とさせていただきとう存じまする。委細お任せとあれば、それがしの一存で辞めさせてしまうても構いませぬな？」

「ま、待て」

定謙が身を乗り出した。後ろに置いた脇息が、弾みで倒れたのも気付かない。

「あやつは手柄も多いはずぞ。な、何故に罷免いたすのかっ」

「やれやれ……」

五郎左衛門が溜め息を吐く。

去る四月に定謙が南町奉行職に就いて以来、表向きは礼を欠くことのなかった男が初めて露骨に示した、無礼な態度であった。

「しかとお聞きくだされ、お奉行」

「な、何じゃ」

定謙は圧されていた。

かつて火盗改の長官を務めた偉丈夫も、今や形無し。

やむなく目を閉じ、じっと耳を傾ける。

そんな定謙を見やりつつ、五郎左衛門は淡々と続けて言った。

「手柄手柄と申されますが、今の三村が毎日どうしておるのか、お奉行はご存じなのですか」

「少々やり過ぎた故、廻方の役目を解いて見習いに戻したのであろう?」

「左様にございまする。見習いと申しても、名ばかりでありますが……」

「どういうことじゃ」

「日がな一日ぶらぶらし、雑用ひとつ手を付けませぬ」

「何だと?」

「やはりご存じありませぬか……」

驚く定謙を、五郎左衛門は少々呆れた様子で見返す。

続く言葉も丁寧ながら、口調はしらけ気味だった。

「それがしは亡き父より役目を引き継いで早くも四十年になりますが、三村右近ほど不真面目な同心は初めてでございまする。御用熱心であったのは定廻に登用された当座に過ぎず、しかも無茶を重ねただけのこと……捕物出役(でやく)のたびに火盗改の如く斬り捨て御免を繰り返したのが災いし、江戸から逃れし悪党どもが御府外を跳梁(ちょうりょう)する次第となったのは、さすがにお奉行もご存じでありましょう」

滔々(とうとう)と告げられた定謙は一言も答えられず、目を白黒させるばかり。

三村右近は当年二十八歳。若いながら剣の腕は極め付きで半蔵と互角、あるいはそれ以上と定謙も認めた強者(つわもの)だが、性格は非情の一言に尽きる。

奉行が定謙に代わる少し前に同心株を得て南町入りし、事件の探索に専従する定廻同心となった右近は、多くの弊害をもたらした。

「覚えておられますか、お奉行」

「な、何をじゃ」

「三村めが万年青組を待ち伏せ、全員斬り尽くした件にございまする」

「うむ……あれはさすがにやり過ぎであった」

「当たり前です」

五郎左衛門は憮然と言った。

「あの一味は盗人なれど非道はせず、しかも老い先短い身なれば情状酌量されて死罪はもとより、遠島も免れたであろう者たちにございまする。それを情け容赦なく斬り伏せた三村こそ、非道と言うしかありませぬ」

「う、うむ」

「先だって芝居町にて立て籠もりし浪人どもを皆殺しにしてのけたのも、終わり良ければすべてよしとは申せますまい。あやつらは大塩平八郎の一味が残党……生かして捕らえて口を割らせ、諸国に潜みし仲間の居場所を訊き出す機を逸したのは、返す返すも残念至極。そうは思われませぬか」

「む、むろんじゃ」

異を唱える余地は無かった。

右近は腕が立つ反面、見境のない男だ。

捕物に出向いても、十手を使わずに刀を抜く。それも相手を生かして捕らえるための刃引きではなく、自前の本身を現場に持ち込み、問答無用でぶった斬るのだから手に負えない。

そんなやり方が功を奏し、治安を乱す無頼の連中が恐れをなしたのも事実。定謙も少々強引なやり方ながら悪党が一掃されたのを評価し、これで南町奉行所の評判が高まるぞと喜んだものである。

しかし、後がいけなかった。

南町に剣鬼の如き同心が加わり、火盗改も顔負けの斬り捨て御免に及んでいるとの噂が噂を呼んで、多くの悪党が我先に江戸から逃げ出したのだ。

思わぬとばっちりを受けたのが、御府外の関八州で暮らす人々。新たな稼ぎ場を求めた悪党どもに街道筋の商家が襲われ、絹織物の生産や取り引きで潤う武州一円の農村でも、予期せぬ被害が続出していた。

安易な斬り捨て御免を許した南町奉行に、非難が集中したのは当然至極。定謙が江戸城中で、そして五郎左衛門が奉行所で、苦情の対処に連日忙殺されたのは言うまでもない。

「あの頃は、まことに難儀をいたしました……」

じろりと定謙を見返す、五郎左衛門の視線はきつい。

あんなに非難をされたのに、元凶の右近をなぜ懲りずに飼っておくのか。

そう言いたげな面持ちだった。

右近を暴れさせたことは、それほど大きな弊害を生んだのである。

ただでさえ関八州は幕府の天領と大名領が入り組んでおり、手配書一枚を回覧するにも面倒な手続きが必要なため、逃亡中の悪党を捕らえようとしても後手に回りがちな悪事の温床。そんなところに大勢の悪党が流れ込めば、八州取締出役や韮山代官所がお手上げになるのも当たり前だ。

「三村めの所業を抑えきれなんだ堀口にも、むろん非はございます。それがしの監督不行届きも、またしかり。あやつをむやみに引き立てしお奉行にも、どうか反省していただきとう存じまする」

五郎左衛門は、ここぞとばかりに定謙を責めていた。

新入りの右近が異例の早さで抜擢され、定廻に配属されたのは、他ならぬ定謙の肩入れがあって実現したことだからだ。

暴れ者でも自分なりの理念を持っており、御用熱心ならば、まだ許せる。

だが、近頃の右近はすっかり役立たず。

斬り捨て御免を繰り返していた当時も厄介だったが、このところ何もしないで毎日ぶらぶらしてばかり。昼日中から、酒場や岡場所にも出入りしている。

先輩同心や他の与力が咎めても薄ら笑いを返すばかりで、五郎左衛門が直々に叱り付けても動じるどころか、自分はお奉行の推挙を受けた身、そんなに御用に励ませたければ元の役目に戻してくれればいい、そうすれば再び精勤しましょうとうそぶく始末。のらくら叱責をかわし、毎日怠け放題でいながら、三十俵二人扶持の俸給はしっかり受け取るのだから呆れたものだ。

当の右近に何を言っても聞く耳を持たぬ以上、五郎左衛門が定謙を非難したくなるのも無理はなかった。

されど、いつまでも愚痴ってばかりでは仕方がない。

「お奉行、よろしいですか」

五郎左衛門は話の本題に戻った。

「来る大晦日の申し渡しこそ、三村を南町より追い出す千載一遇の好機。左様に思い定め、事を進めても構いませぬな？」

「ま、待て」

「何故でありますか」

五郎左衛門はじろりと見返す。

「それは……」

定謙は不覚にも言葉に詰まる。

並外れた剣の腕前以外、右近には褒められるところが思い当たらなかった。凄みを漂わせる一方で顔立ちが整った、危険な魅力を備えた男であるが、外見など奉行所での評価に関わりがない。しかも腕が立つくせに昼行灯を決め込んでいるのだから、尚のこと質が悪かった。

五郎左衛門から言われたとおり、奉行所の体面と全体の士気を考えれば、速やかに御役御免にしたほうがいいのは分かっている。

しかし、右近を簡単に辞めさせるわけにはいかない。

あの男に同心株を買い与え、南町に送り込んだのは鳥居耀蔵。必ず役に立つ男と売り込み、定謙が奉行の座に着く前から引き合わせてくれていた。元々は敵の子飼いだったのである。

つまり、右近さえ味方に取り込めば、耀蔵の手の内が分かるのだ。

何とかして裏切らせ、協力させることは出来まいか。

そう思えば、御役御免にするのは惜しいというもの。

むろん、取り込むのが至難なのは分かっていた。

右近は腕こそ立つが、性悪にして怠惰な男。

当人を呼び付けて説教しようにも、今日は出仕をしておらず、組屋敷も空けているとのことだった。

「堀口に確かめました。ここ数日、顔も見せておらぬとのことです」

堀口六左衛門は廻方の筆頭同心。去る六月二日に奉行所内で発生した刃傷沙汰に関与したと疑われており、右近に限らず他の同心たちからも軽んじられ、肩身を狭くしている。

それはともかく、右近の素行不良は許しがたい。

「病にて臥せっておるわけではないのだな？」

「それならばよろしいのですが……」

念を押す定謙に、五郎左衛門は溜め息交じりに答える。

「存じ寄りの岡っ引きが知らせてくれました。両国の広小路をぶらつき、呑気に楊弓など弾いておったそうにございまする」

「おのれ、痴れ者め！」

定謙は声を荒らげた。意識せず取った行動であった。

一時は忠邦の差し金で左遷が続いて気が滅入り、酒に溺れたこともあった定謙だが、基本は勤勉であり、何より怠け者が許せない。

そんな奉行の性格を、五郎左衛門はもとより承知していた。

「落ち着いてくだされ」

宥めつつ、抜かりなく問いかける。

「さすがにお奉行も、あやつの不真面目さに愛想が尽きたのではありませぬか」

「当たり前だ！」

怒りに任せて定謙は吠える。

「それは重畳」

ここぞとばかりに五郎左衛門はうなずく。

「やはり御役御免にいたしましょう、お奉行」

「えっ」

　乗せられたと気付いても、もう遅い。

「ご存念、しかと承りました」

「ま、待て」

「いえいえ、武士に二言はございますまい？」

　慌てる定謙に、五郎左衛門は間髪を入れず畳みかけた。

「三村右近は間違いのう、大晦日に御役御免といたしまする。さすればお奉行も御心安らかに、来る年をお迎えになられましょう。我らも肩の荷が下り、心して御用に励ませていただけるというもの。ご英断に感謝申し上げまする」

「むむ……」

　ここまで言われては、引っ込みがつかない。

　やむなく、定謙は答えた。

「……委細おぬしに任せる。よしなに取り計らうがいい」

「承知つかまつりました。さればお奉行、失礼いたしまする」

慇懃に一礼し、五郎左衛門は下がっていく。

胸を張って廊下を去りゆく顔は満足げ。足取りも余裕を感じさせた。

三

まんまとハメられた定謙は怒りの余り、声も出ない。

そこに新たな無礼者が、招かれてもいないのにやって来た。

「何奴(なにやつ)！」

威嚇(いかく)の声を発し、定謙は床の間の刀を摑(つか)む。

庭先から迫る殺気を感じたのだ。

しかし、現れたのは刺客ではなかった。

襟元をはだけた着流しに、襟巻きをした若い男。

まだ三十前というのに凄みのある、無頼の雰囲気を漂わせて止まずにいた。

「三村であったか……」

「失礼しますぜ、お奉行」

その男——三村右近の口の利き方は伝法だった。

相手が奉行と分かっていながら、無礼千万。

おまけに、右近は酒臭い息を吐いていた。

案内も乞わず、酒気を帯びて奉行の私室に入ってくるとは、失礼にも程があるというものだ。

「そのほう、御用も務めずに何をしておる？」

「ちょいと具合が悪いもんで、休ませていただいておりやす」

即答する右近は、微塵も悪びれていない。

「うぬ、偽りを申すでない！」

定謙は声を荒らげた。

「今し方知らせを受けたばかりじゃ。うぬは出仕もせず、組屋敷にも寄り付かず遊び暮らしておるそうだの!?　出来るのならば申し開きをしてみるがいい！」

それでも右近は動じない。

「へっ……酷い言い様ですね」

苦笑しつつ、定謙に問う。

「ところでお奉行、そんなことを誰からお聞きになられたんですかい」

「年番方の仁杉じゃ」

「やっぱりねぇ……へっ、そいつぁタダの言いがかりでさ」

その名を聞いたとたん、右近は一笑に付す。

開き直るとは、いい度胸だ。

無言で見返す定謙に、右近は何食わぬ顔で言ってのけた。

「俺は何も好きこのんで、毎日ぶらついているわけじゃありやせん。倹約令に従わねー奴らをとっ捕まえるために、網を張ってただけですよ」

「言うに事欠いて、何をほざくか」

「嘘だと思うんなら、仮牢を覗いてみておくんなさい。俺がしょっぴいた連中がごろごろしておりやすから」

「む……」

定謙は言葉に詰まる。それが本当ならば、咎めるわけにいかない。

かと言って、労をねぎらう気にもなれなかった。

「おぬし、鳥居の意を汲んで動いておるのではないか」

「違いまさぁ。今の俺は南の同心、お奉行の配下ですぜ？」

「まことにそう思うておるのか」

「当たり前でござんしょう。お扶持を頂戴してるんですし」

「鳥居からも陰扶持が出ておるのではないか」

「まさか。あの人は、そんなに気前よくありませんよ」

探りを入れた定謙に、右近は真顔で答える。

どこまでが芝居で、どこまで本音を言っているのかが判じがたい。

「うーむ」

定謙は腕を組む。

安心したければ、右近の言葉を信じるべきだ。

半蔵が当てにならぬ以上、代わりに身辺を警固してくれる手駒が要る。

右近ならば腕前は申し分なかったが、信用が置けない。

本当に鳥居耀蔵と縁が切れているのか、否か。

見極めを付けるのが難しい以上、迂闊に心を許すのは禁物。

ともあれ、欠勤の件で無下に叱るわけにはいかなくなったようである。

そもそも右近は、何をしに来たのか。

「おぬしの話は心に留めておこう……して、用向きは何じゃ」

「ああ、そのことを忘れておりやした」

右近はまた苦笑した。

すぐに笑いを引っ込め、凄みのある顔を引き締める。

「仁杉様にはお気を付けてください」

「何と申す？」

「あれは信用できねぇお人ですよ。狙われてますぜ、お奉行」

「……儂を狙うとは、どういうことじゃ」

「言いにくいこってすが、折を見てお命を頂戴しようとしていなさるようで」

「ふっ、馬鹿を申すな」

「二度あることは三度あるって言うでしょう」

「む……」

「そんなお顔をしねぇでおくんなさい」

目を細くする定謙に、右近は微笑み返す。胡散臭い笑みだった。

自ら正直と称する手合いに、碌な奴はいない。

とりわけ右近は疑わしい。

かと言って、五郎左衛門を信じているわけでもなかった。

（こやつも仁杉も獅子身中の虫……か）

定謙はまた溜め息を吐く。

直属の配下たちが誰も彼も信用できぬのは悲しいことだが、現実がそうである以上、受け入れなくてはなるまい。

腹立たしい限りだったが、怒りのやり場が無い。

右近も五郎左衛門も、定謙の一存で御役御免にするわけにはいかなかった。

年番方は経験豊富な、古参の与力でなければ務まらぬ役職。もしも五郎左衛門がいなくなれば、現場の業務に支障を来すのは目に見えている。

右近についても同様である。

人柄は最低だが、この男は腕が立つ。

遠山景元と張り合う上で、右近は必要な手駒だった。

北町奉行所では高田俊平や嵐田左門など、腕利きの同心を抱えている。

南町には目立った同心がいない以上、頼みの綱は右近のみ。そう思えば腹立たしくても大目に見て、扶持を与え続けるしかない——定謙の悩みは深かった。

そんな胸の内を知ってか知らずか、右近は苦笑した。

「まぁ、信じるも信じないもお奉行次第ですよ」

「おぬし、何が言いたい？」

「せいぜい御命を大事にしてくださいょ。御免なすって」

無頼気取りの口調でうそぶき、右近は去った。

そこに金井権兵衛が戻って来る。

たちまち定謙は仏頂面。

扱い兼ねる二人に続けて絡まれた後なのだから、無理もない。

「すみませぬ、殿」

権兵衛はサッと膝をつき、定謙に向かって頭を下げる。

「仁杉殿に押し切られ、心ならずもご遠慮つかまつりました。お側を離れて申し訳ありませぬ」

「…………」

定謙の仏頂面は変わらない。

平謝りする権兵衛から、スッと視線を離す。

「ご酒でもお持ちいたしますか、殿」

「いらぬ」

機嫌を取られても、返す言葉は素っ気なかった。

「ここでは奉行と呼べ。それに儂が断酒したのを忘れたか、愚か者めが」

「も、申し訳ありませぬ」

権兵衛は重ねて頭を下げた。

「もう良い。下がり居れ」

「ですが、明かりを……」

「要らぬ」

「ははっ」

取り付く島も無い定謙に一礼し、権兵衛は去る。

いつしか部屋は夕闇に包まれていた。

暗がりの中、定謙は溜め息を吐く。

（儂も甘いな……）

忠臣に邪険にしてしまったことを、今さらながら悔いていた。

権兵衛ら内与力衆は定謙が心を許せる、数少ない家臣たちである。

定謙には頼れる味方がもとより少ない。

五郎左衛門はもちろんのこと、他の与力も同心も、あくまで配下であって家来とは違う。奉行を辞めてしまえば赤の他人なのだ。

町奉行所勤めの与力と同心は、実質上は世襲制。一年ごとに申し渡しを受けることこそ必要だが、父から息子へ先祖代々、受け継ぐのが基本。それだけ経験値が必要な役目であり、敵に回せば手強い。

一方の権兵衛らは肩書きこそ内与力だが、町奉行所の仕事は素人なので、いざというときは当てにならない。定謙が火盗改の長官職を務めていた頃に捕物こそ経験しているものの、江戸市中の司法だけではなく行政も担うため忙しい町奉行所の御用に不慣れなだけに、定謙も心許なかった。

対する五郎左衛門は、外部にも味方が多い。

かつて同じ釜の飯を食った南町の元吟味方与力で切れ者の宇野幸内に、北町の定廻同心である高田俊平とその剣友の浪岡晋助など、いざというときの助っ人として頼もしい顔ぶれが揃っている。

その気になれば十分に、定謙と戦えるだけの力を持っているのだ。

やはり五郎左衛門は獅子身中の虫――最も身近な敵と見なすべきなのか。

（あやつ、まだ儂を狙うておるのだろうか）

定謙は不安を禁じ得なかった。

右近が言うとおり、二度あることは三度ある。有り得ぬ話ではない。

五郎左衛門が前の奉行の筒井政憲のために定謙を拉致し、監禁する暴挙に出たのは記憶に新しい。

笠井半蔵と仲間たちの活躍で計画は頓挫し、無事に戻った定謙が着任して早くも半年が経った。

配下の同心が殺し合うという不幸な事件こそ起きてしまったものの、まだ定謙自身に危険は及んでいない。

とはいえ、油断は禁物である。

ただでさえ忠邦と耀蔵にいつ襲われるか分からぬのに、五郎左衛門から再び挑まれては、手に余る。

決して有り得ぬことではない以上、護りを固めておく必要があるだろう。

(何としても、笠井の手を借りねばなるまい。再び言うことを聞かせるのは至難であろうが……)

定謙が頭に思い描くは、笠井半蔵の無骨な顔。

「金井！　金井は居らぬか！」

「ははっ、ただいま！」

声を張り上げるや、すかさず権兵衛が駆け付けた。

「使いを頼む。相手は」

「心得ておりまする。笠井殿でありましょう」

「何故分かるのだ」

「当たり前です。拙者は殿……いえ、お奉行の家来にございますぞ」

権兵衛は微笑んだ。

「必ずや連れて参ります。お任せくだされ！」

「うむ」

力強い答えに、定謙は微笑む。

口には出さずとも、忠臣の権兵衛に感謝していた。

四

笠井家が屋敷を構えているのは神田駿河台。

半蔵は夜更けの庭に出て、素振りに励んでいた。

装いは剣術の稽古に用いる、藍染めの道着と袴。

手にしているのは天然理心流に独特の、堅く重たい白樫（しらかし）の木刀。

長さこそ並の木刀と変わらないが、太さは優に二回りは上。柄（つか）は直径が二寸もある。

「むん！」

木刀を打ち振るう半蔵の手の内（うち）は錬（ね）れていた。

柄を操る指の動きを、手の内と呼ぶ。

本身はもちろん、木刀も竹刀（しない）も左手を主、右手を従として振るえばこそ遠心力を乗せ、存分に威力を発揮できる。

天然理心流で並外れて太い木刀を用いるのは、正しく振るわなくては重すぎて落としてしまうため、自ずと扱いが慎重になり、手の内が錬られる効果を期してのことだった。

少年の頃から用いてきた一振りを、半蔵は力強く打ち振るう。

どんなに勤めが忙しくても、剣術の稽古は欠かさない。

非番のときは朝早くから市谷は柳町の試衛館道場に顔を出し、若い門人たちを相手に汗を流すことを心がけている。

一時は絶えていた交流も復活して久しく、道場主で天然理心流の三代宗家を名乗る近藤周助（こんどうしゅうすけ）はもとより、北町奉行所の同心である高田俊平、八王子での戦いに師の周助ともども力を貸してくれた、浪岡晋助との仲も良好だった。

半蔵は繰り返し木刀を振るう。

佐和は先に床に就き、安らかな寝息を立てていた。昼間の悪旗本が意趣返しに現れたときに備え、住み込みの女中二人を同じ部屋で寝かせてある。隙を突いて忍び込まれても女が三人いれば悲鳴も大きいため、半蔵はもとより若党と中間（ちゅうげん）も即座に気付き、駆け付けることができるからだ。

抜かりなく備えをした上で半蔵が素振りをしているのは、馬鹿殿たちが門前で思いとどまり、引き返してくれればいいと思えばこそだった。

昼間は定謙と権兵衛のおかげで難を逃れたが、しつこい付きまといはなかなか止むものではない。相手が格上の旗本で、訴えるのも叩きのめすのも難しいからには、たとえ戦っても勝ち目は無いと思い知らせるしかないだろう。

半蔵は斯様(かよう)に判じ、常にも増して力強く励んでいた。

「ふぅ……」

ひとしきり素振りを終えたところで、木刀を置く。

代わりに手にしたのは刃引き。

戦いの場へ赴くときに欠かせぬ一振りだ。

まずは左腰に帯び、鞘を払う。

造りそのものは、本身の刀と変わらない。

半蔵は両手で柄(つか)を握っていた。

素振り中と違って、拳(こぶし)の間隔は菱形の柄巻ひとつ分。

並外れて柄が太い木刀は竹刀と同じく、左手で柄頭ぎりぎりの部分を持つことが必要だが、真剣は左右の拳を詰めて握り、振るうことで刀勢が増すという。

澄み切った夜空の下、半蔵は刃引きを構えた。

頭上に振りかぶり、しゃっと打ち下ろす。

気合いを発することなく、同じ動きを無言のままで繰り返す。

この一振りは無銘の古刀（ことう）を手に入れ、刃を潰したもの。

刀身の長さは二尺三寸。

身の丈が六尺近い半蔵が持つにしては短めだが、これは戦いの場において片手で振るうことも多いため。斬れぬ刃引きを振るうようになったのは、初めて真剣勝負をしたときの経験を踏まえてのことだった。

去る二月、初午（はつうま）前のことである。

勘定奉行の梶野良材（かじのよしき）が登城中に刺客に襲われた場に遭遇し、行きがかりで戦う羽目になったものの、あのときは返り討ちにするどころか防戦一方。

太い木刀を日々振るって錬り上げた手の内を活かし、五人の刺客が斬り付けてくる凶刃を受け流すことは出来たが、切り返そうとしても上手くいかず、危うく命を落とす寸前まで追い込まれたものである。

そんな半蔵が窮地を脱したのは強いて斬ろうとせず、相手を打ち倒せばいいと気付けばこそ。

今では刃引きを用いるまでもなく、斬り合いの最中に真剣の刀身を反転させて軽く打ち、斬られたと思い込ませて失神を誘う、高等技術の峰打ちまで会得するに至っていた。

下地があったとはいえ、変われば変わるものである。

家付き娘の佐和に毎日しごかれ、職場の下勘定所で昼行灯呼ばわりされていた頃から、まだ一年も経っていない。

今や半蔵は勘定所勤めに自信を持って取り組み、佐和との夫婦仲も良好。

やっと訪れた平穏な日々を護りたい。

そのためには佐和に付きまとう馬鹿殿どもを諦めさせなくてはならず、町奉行所の内紛にも関わりたくなかった。

一度はひとかどの男と見込んだ定謙に失望しきったわけではなかったし、苦労人の権兵衛には同情もある。

されど、やはり一番大事なのは佐和との暮らし。

当面の敵となるのは、昼間の馬鹿殿である。

再び押しかけて来れば、自力で何とかするのみ。

定謙と旧交を温めることを拒んだ以上、二度と甘えるわけにはいくまい——。

「む！」

半蔵は鋭く視線を向ける。

こちらを見ている、何者かの気配を感じ取ったのだ。

頭数は一人。

不思議と邪気は感じられなかった。

どうやら馬鹿殿と取り巻き連中ではないらしい。

いずれにせよ夜更けにやって来て、いつまでも訪いも入れずにいるのは無礼なことだ。

半蔵はひとまず刃引きを鞘に納め、庭から門に回る。

門前に立っていたのは意外な人物だった。

「金井殿……」

「夜分に相済まぬ」

権兵衛はぺこりと頭を下げた。

「昼間は失礼をいたしたな、半蔵殿」

「滅相もない……こちらこそ、ご無礼をつかまつった」

警戒しながら半蔵は答える。

私事での訪問とは思えなかった。

わざわざ夜分に足を運んで来たのは、定謙の意を汲んでのことに違いない。

権兵衛に敵意は無いが、甘い顔を見せるのは禁物だ。

「ご用は何でござるか、金井殿」

「うむ……」

権兵衛は言いよどむ。

やはり、定謙の使いで来たらしい。

「何とされたのか」

「実はな、笠井殿……」

「はきと申されよ」

「うむ……」

「夜も遅うござれば、お早く願おう」

気の毒に思いつつも、半蔵は突き放すしかない。

と、黙り込んでいた権兵衛が口を開く。

言い放ったのは、予期せぬ一言。

「笠井殿、それがしと勝負してくれ」

「何と申される?」

「それがしが勝てば、一緒に来てもらおうか」

「駿河守様……お奉行の御許まで同道し、御用を承れとの仰せか」

「おぬしの気が乗らぬのは、もとより承知の上だ……嫁御のためならばそうして夜番をするのも苦になるまいが、わが殿のために再び働いてくれと申したところで動いてはくれまい。無理もないことだ……」

目を伏せる半蔵に、権兵衛は訥々と語りかける。

「されど、殿をお護りできるのはおぬししか居らぬのだ！　頼む！」

「………」

顔を伏せての真摯な訴えに、半蔵は困惑を隠せなかった。

権兵衛の忠義の心は見上げたものだと思う。

だが、それとこれとは話は別。

半蔵には佐和という、生涯護っていきたい宝がある。

心苦しいが、厄介ごとに構ってはいられない。

持ちかけられた勝負にも、乗る気はなかった。

権兵衛は情に厚い好人物だが、半蔵に太刀打ちできる技量は無い。

若い頃から矢部家に仕え、定謙の下で家士頭を仰せつかっていたが、剣の腕前を買われたわけではなく、人徳で選ばれただけのこと。

生まれつき気が優しく、子どもの頃から稽古の場で刀さばきと体さばきを学ぶことには頑張れても、いざ相手を打つとなると躊躇（ちゅうちょ）してしまうため、上達しないまま年を食ってしまったと、以前に当人も苦笑していたものである。

もちろん、半蔵には権兵衛を貶（おとし）める気など有りはしない。

こちらが勝つと分かっていながら、敢えて争いたくもなかった。

「金井殿、今宵のところはひとまず……」

半蔵は語りかけつつ、そっと肩に手を置こうとする。

刹那、権兵衛が顔を上げた。

「う！」

思わず目を剝いたのは、ぽんと頭をはたかれたため。

権兵衛が抜き打ったのは、帯前に差した扇子。

「相済まぬな、半蔵殿。これにて勝負あったぞ」

権兵衛の笑顔に邪気は無い。

ものの見事に半蔵の虚を突いたのは、主君のためを思えばこそ。

忠義の一念があれば、家臣は思わぬ力を発揮できる。そのことを権兵衛はものの見事に証明したのだ。

「うーむ……やられた」

釣られて笑う半蔵に、不思議と悔しさはなかった。

定謙には、ここまで懸命になれる家来がいる。

腐りきった輩であれば、こんな忠臣が付くはずもない。

もう一度、定謙を信じてみよう。

ひとかどの男と見込んで、尊敬していた頃に立ち戻ってみよう。

権兵衛の無邪気な一撃を喰らって、そんな気持ちになってきたのである。

もとより、その気が無かったわけではない。

踏み切るきっかけを与えてもらい、むしろ喜ばしい気分だった。

とはいえ、半蔵と権兵衛では立場が違う。

子飼いの臣に非ざる以上、何の見返りも無しに動くわけにはいくまいし、定謙とてタダ働きをさせようとは考えていまい。

権兵衛が扇子を帯前に戻すのを待って、半蔵は申し出た。

「所望しても構わぬか、金井殿」

「嫁御に付きまといし若殿のことだな」

「左様……先方に釘を刺していただきたい」

「心得た。二度と繰り返さぬように取り計らおう」

権兵衛は二つ返事で請け合った。

間髪入れず、半蔵は続けて申し出る。

「今一つ、お願い申し上げたきことがある」

「ははは、金か」

権兵衛は気前よく答える。

「ならば殿に申し上げるまでもない。それがしの裁量で……」

「いや。報酬は要らぬ」

「されば何だ、半蔵殿」

「お奉行に、側女（そばめ）と手を切っていただきたいのだ」

「それは……」

権兵衛の顔がたちまち強張った。

忠臣の権兵衛といえども、あるじの行状で口を出しかねることはある。

もとより半蔵も承知の上だったが、定謙と交渉ができるのは、この機をおいて他にあるまい。

「そのことは、拙者から直（じか）にお奉行へ申し上げる。金井殿はただ、見逃してくれればいいのだ」

「されど……」

「明日の夕刻に参上つかまつる。その旨だけを、しかとお伝えいただこう」

五

そして翌日、一日の勤めを終えた半蔵は南町奉行所に赴いた。

職場の下勘定所がある大手御門内と数寄屋橋は、目と鼻の先である。

「笠井殿にござるな。内与力様よりお話は承っておりますれば、そのままお通りくだされ」

門を護る番所の頭は、あらかじめ権兵衛から申し付けられていたらしい。

しかし半蔵が途中で待ち合わせ、数寄屋橋まで同行させた浪岡晋助は、簡単に通してはもらえなかった。

「何じゃ、おぬしは」

立ちはだかった門番頭は、明らかに不審者を見る目つきだった。

すぐに通された半蔵の装いは、裃（かみしも）に半袴、着物は熨斗目（のしめ）。

今年で十年になる勘定所勤めの仕事着なので少々古びているが、きちんとした身なりなので問題ない。

しかし連れの晋助は、見るからに尾羽打ち枯らしていた。

月代（さかやき）を剃らず、伸びた髪を頭の後ろで束ねた様もみすぼらしい。

着物も袴も粗末な木綿物。しかも着た切り雀で継ぎはぎだらけ。一本差しの刀も鞘の塗りがあちこち剝（は）げている、貧乏浪人の見本といった姿形。

人は外見だけで判断できぬものだが、不審者を通さぬように護りを固める立場としては、疑ってかかったのも無理からぬことだろう。

門番頭に続き、番所から二人の小者が出てきた。

「うぬっ、怪しい奴め！」

「帰れ帰れ、素浪人が！」

手にした六尺棒をサッと交差させ、晋助の行く手を阻む。

禄を離れた武士は、侍らしい扱いをしてもらえないものである。

まして晋助は親の代からの浪人者だが、以前であれば扱いが不当と怒り、暴れ出していただろう。

だが、今日の晋助は辛抱強かった。

歓迎されざる立場なのは、よく分かっている。

粗略に扱われるのを覚悟の上で、敢えて半蔵に付いてきたのだ。

「拙者は浪岡晋助と申す。笠井半蔵殿と同じ門下にて剣を学ぶ身なれば、決して怪しい者ではござらぬ。お奉行にお目通りさせてはもらえぬか？」

願い出る態度は、あくまで低姿勢。

だが、門番頭は素っ気ない。

「おぬしのことは何も聞いてはおらぬ。笠井殿の御用が済むまで待たれよ」

「そこを何とか、お頼み申す」

「くどいぞ、帰れ！」

門番頭は一歩も退かなかった。

六尺棒を握った小者たちも、鋭く睨み付けてくる。

頃や良しと見て、半蔵は助け舟を出した。

「そうそう。申し忘れたが、これなる浪岡氏は堀口殿の縁者にござるぞ」

「筆頭同心様の？　まことか？」

「お疑いならば、六左衛門殿に確かめられるがよろしかろう。ご門前にてお待ちしておる故、早うお出でなされ」

「うーむ……」

門番頭は困った顔。晋助はもとより半蔵とも初対面だが、内与力とつながりのある人物が根も葉もない嘘を言うとは思えぬし、門前払いをした後で六左衛門に叱られても困ってしまう。

それに落ち目とはいえ、堀口六左衛門は南町の筆頭同心。格下の門番頭と小者が縁者に無礼を働いたとなれば、無事では済むまい。

「……ご無礼をつかまつった。お通りくだされ」

小者たちを促し、門番頭は脇に退く。

「分かってくれれば良いのだ」

半蔵は笑顔でうなずき、小者が開けてくれた潜り戸を通り抜けていく。

晋助も黙って後に続いた。

黒渋塗りの門の向こうは、玄関にまっすぐ続く石畳。六尺幅の道に板状の青い石が敷き詰められ、両側の玉砂利まで掃除が行き届いている。

「構わぬのか、半蔵殿……」

石畳を歩きながら、晋助が告げてきた。

門こそ無事に通り抜けたものの、緊張を隠せぬ様子である。

「駿河守は俺のことを許しておるまい……話を付けに参ったつもりが、返り討ちにされてしまうのではないか？」

「しーっ。声が高いぞ」

半蔵は声を低めて告げる。

「……こちらを頼っておられる限り、お奉行は無茶をなさるまい。千載一遇の機を逸してはなるまいぞ、浪岡」

「さ、されど……」

「……男ならば勝負時を心得よ。性根を据えて談判せい」

「……し、承知」

答える晋助の表情は硬かった。

無理もあるまい。

半蔵が晋助を同行したのは、定謙と対決させるためなのだ。

定謙は、配下の堀口六左衛門の娘を妾にしている。

忍（しのぶ）という娘は晋助と相思相愛の仲だったが、定謙の金と権力に目が眩（くら）んだ父と兄に無理強いされ、心ならずも囲い者にされて久しかった。

理不尽なことである。

生木を裂かれても変わらず想い合う、若い二人を一緒にさせてやりたい。そう願えばこそ、半蔵は晋助を連れてきたのだ。

対決と言っても、力ずくで解決させようとは考えていない。

以前に一度、晋助は実力行使で忍の身柄を取り戻している。半蔵も面識のある宇野幸内らが手を貸し、奪還を果たしたのだが、結局は父親と兄の手で再び定謙の許に戻され、元の木阿弥(もくあみ)となってしまった。

また殴り込んだところで、同じことの繰り返し。定謙自身が納得した上で忍を解放してくれなくては、意味が無い。

今度は刀ではなく、弁を振るって説得するのだ。

何があっても刀を抜かないように、晋助にはあらかじめ言い含めてある。

だが、緊張は余計な考えを生みがちなもの。

「……宇野のご隠居に脇差を借りてくるべきであったな……」

玄関を前にして、晋助はつぶやく。

町奉行所を訪れた客は刀を預けるのが決まり。脇差だけは帯びたままでいても問題ないが、一本差しの晋助は丸腰になってしまうのが不安らしい。

「……余計なことを申すな、考えるな」

半蔵は小声で叱り付ける。

奉行所内で刃傷沙汰を引き起こさせるために、わざわざ晋助を連れて来たわけではないのだ。

目的は、穏便に話を付けること。

双方が怒りで我を失わぬように、公平な第三者として間に立つのだ。

それが自分の役回りと、思い定める半蔵だった。

断りなく晋助を連れて来た半蔵に、定謙は驚きと怒りを露わにした。

「笠井、これは如何なる……」

「ご無礼は重々承知の上にござる」

機先を制し、半蔵は敷居際で深々と頭を下げる。

「さぞお腹立ちでありましょうが、無用の遺恨をいつまでも引きずっておられては御身のためになりますまい……浪岡の同席を、伏してお願い申し上げまする」

大きな体を折り曲げ、言上する態度は真摯そのもの。

定謙を睨み付けていた晋助も、やむを得ず平伏する。

暫時（しばし）の後、定謙は黙ってうなずいた。

頭を下げていながら視線はさりげなく前に向けておき、危害を加えられる前に反撃するのが武士の心得。相手の態度をいち早く確かめ、機敏に応じるためにも欠かせぬことである。

許しが出たのを見て取るや、半蔵と晋助は部屋の敷居を越えた。

定謙は脇息を後ろに回し、迎える態勢となる。予期せぬ来客の晋助を受け入れはしたものの、仏頂面なのは致し方あるまい。

そんな定謙の前に座ると、二人は改めて頭を下げた。

「かたじけのう存じまする、お奉行」

「こちらの頼みが先じゃ」

「謹んで承りまする」

かくして、半蔵は定謙の長話に耳を傾けた。

仁杉五郎左衛門を敵と見なし、再び危害を加えられるのを待つことなく、半蔵の力を借りて、攻めに転じたい。

要約すれば、そういうことである。

「おぬしだけが頼りなのだ。力を貸してくれ、笠井」

「…………」

半蔵は無言のままでいる。

黙って耳を傾けはしたものの、首肯しかねる話だった。

五郎左衛門が悪だとは、考えたこともない。

むしろ逆で、南町奉行所に不可欠な人材と思っている。

定謙と五郎左衛門が和解して、共通の敵――鳥居耀蔵に立ち向かうことが最も望ましいのではないか。

意を決して、半蔵は口を開いた。

「畏(おそ)れながら、お奉行は心得違いをしておられます」

「何っ！」

「お聞きくだされ」

カッとなって立ち上がろうとするのを、半蔵は押しとどめる。

力ずくで止めたのではない。

両手を突いたまま顔を上げ、真摯な視線を向けたのだ。

「む……」

その迫力に圧されて、やむなく定謙は腰を下ろす。

すかさず半蔵は畳みかけた。

「今は仁杉殿と張り合っておるどころではありますまい？　こうしておる間にも鳥居はお奉行の座を奪うべく、策を練っておるやもしれませぬ」

「されど、三村は何も言うてはおらぬぞ」

「まことにあやつを信じておられるのですか」

「いや……三村も仁杉も、獅子身中の虫であろう」

「では、等しゅう疑うておられるのですね？」

「う、うむ」

「ならば、都合よくお考えになられるのは止めることです。仁杉殿がお奉行の敵ならば、三村もまたしかり。そうは思われませぬのか？」

「……………」

「お答えくだされ！　お奉行！」

まるで佐和が乗り移ったかのような、歯に衣着せぬ物言いである。

隣に座った晋助は、気が気ではない。

廊下に控える権兵衛も、はらはらし通しだった。

しかし、定謙は激昂せずにいる。

答えぬまでも無礼な態度を咎めることなく、じっと耳を傾けていた理由は相手が半蔵だからというだけではない。

定謙の頭にあったのは、去る六月の同心殺し。

前代未聞の不祥事は民の不信を招き、南町奉行所の評判を著しく落とした。

忠邦が定謙の罷免を提案した理由の一つでもあり、他の老中たちも庇いきれぬ失態とされている。

あれは策を弄して事件を起こし、管理不行き届きで御役御免にさせるべく耀蔵が仕組んだことではなかったのか。

そう考えれば、すべてが腑に落ちるのだ。

あの事件で落命したのは、二人の被害者と一人の加害者。

凶行に及んだ末に自害した佐久間伝蔵(さくまでんぞう)は吟味方の下役を務めており、用部屋で斬殺された堀口貞五郎(ほりぐちさだごろう)は同じ吟味方の新米同心。巻き添えを食った高木平次兵衛(たかぎへいじびょうえ)は物書役だった。

加害者が自ら命を絶ってしまった以上、真相は追及できない。伝蔵が乱心して刀を持ち出し、貞五郎と平次兵衛はたまたまその場に居合わせて、運悪く犠牲になったと見なすより他に無かった。

だが、改めて考えてみれば不自然な点がある。

現場にはもう一人、三村右近が居合わせたのだ。

あの男ならば伝蔵の放つ殺気をいち早く察知し、未然に取り押さえるか、手に余れば脇差だけでも立ち向かい、一突きで倒すことができたはず。にも拘(かか)わらず貞五郎に続いて平次兵衛が斬られるまで何もせず、やったのは用部屋の奥で伝蔵が自刃するのを見届けることだけであった。

実は右近が騒ぎに紛れて手を下し、口封じをしたのではないだろうか――。

「やはり面妖(めんよう)でありますぞ、お奉行」

定謙の疑問を聞かされ、半蔵は言った。

「三村を信じてはなりませぬ。拙者が証しを立てます故、くれぐれもあやつに心を許されませぬよう」

畳みかける半蔵は真剣そのもの。

「……相分かった。おぬしを信じようぞ」

真摯な説得を受け、ついに定謙は首を縦に振った。

五郎左衛門と和解して耀蔵と戦うことを決意した上で、忍には暇を出すと晋助に約束してくれたのだ。

「おぬしらの仲を裂いてしもうて悪かった……このとおりじゃ、許せ」

詫びる定謙に、晋助は無言で礼を返す。

恋人を力ずくで奪われた怒りが、すぐに消えるはずもなかった。刀は抜かないまでも鉄拳を振るい、思い切り殴り付けたかった。

しかし、間に入ってもらった半蔵を裏切るわけにはいかない。

黙って耐える晋助に代わって、半蔵が問うた。

「忍殿の身柄は早々に引き取らせていただきますぞ、お奉行？」

「うむ」

念を押され、定謙は言葉少なにうなずき返す。

「されば、御免」

半蔵も去り際に多くは口にしなかった。

もとより無粋(ぶすい)で男女のことに疎いとはいえ、晋助と定謙のわだかまりが、すぐに無くなるとは思っていない。

まずは忍と晋助に、愛情を確かめ合わせてやるのが先だった。

奉行所を出たときには、辺りは暗くなっていた。

「早う行ってやれ、浪岡」

「かたじけない、半蔵殿」

晋助はぺこりと一礼し、だっと駆け出す。

夜道を急ぐ先にあるのは、定謙の妾宅。

同行するのが野暮なことぐらい、半蔵も分かっている。

解決しなくてはならない問題は山積みだが、今日のところは果たすべき役目も終わった。

晋助と別れ、向かう先は神田の駿河台。

一刻も早く帰宅して佐和と顔を合わせ、安心させてやりたい。

権兵衛に聞いたところ、付きまといの馬鹿殿には、昼間のうちに定謙が城中で父親に話を付けてくれたという。今頃はこってり油を搾られ、二度と馬鹿な真似はしないと約束させられていることだろう。

「ははは、いい気味だ……」

潑剌と家路を辿り、屋敷の門を潜る半蔵の足取りは軽かった。

しかし、迎えた佐和は怖い顔。

「お前さま」

告げると同時に、白い手をすっと伸ばす。

「痛たたた……」

問答無用で耳たぶをつねられて、半蔵は悲鳴を上げる。

文句を言うより早く、佐和は玄関を指さした。

「あれをご覧なされませ」

「な、何じゃ……」

耳の痛みにあえぎつつ、半蔵は視線を向ける。

山ほど置かれていたのは、水引きも鮮やかな大小の箱に長櫃。

「お詫びのしるしとのことにございます」

「馬鹿殿の使いが届けに参ったのか?」

「大枚の金子も置いて行こうとなされましたが、丁重にお断りしました。何事が起きたのかとご近所の方々も詰めかけて、とんだ騒ぎでございましたよ」

「うーむ、薬が効き過ぎたらしいな……」

じんじんする耳たぶをさすりながら、ふっと半蔵は微笑んだ。

定謙の威光は、まだ衰えていないらしい。

愚かな旗本を反省させ、ここまでさせるだけの威光を備えているのだ。

この力を、悪しき者に渡してはなるまい。

断じて、耀蔵を町奉行にしてはならないのだ。

「何がおかしいのですか、お前さま!」

「まぁ良いではないか。気持ちよう納めておけ」

訳が分からぬ佐和を宥めつつ、半蔵が浮かべる表情は明るい。

定謙のために明日から始める大仕事に備え、今宵のところはゆっくり休ませてもらうつもりだった。

第三章　一押し二押し三に押し

一

定謙を説き伏せたら、次は五郎左衛門を口説く番。

半蔵は日を改めて、南町奉行所を訪問した。

あらかじめ権兵衛を通じて約束を取り、人払いをしてもらって二人きりで話をしたのである。念のため権兵衛には見張りに立ってもらい、他の与力や同心に話を聞かれぬように配慮した。

そんな苦労も、肝心の説得が不首尾に終われば水の泡。

南町を長年支えてきた名与力は、口下手な半蔵にとって手強い相手だった。

「……お話とはそれだけにござるか、笠井殿」

懇々と訴えるのを聞き終えて、まず口にしたのはつれない一言。口調こそ礼儀正しいものの態度は素っ気なく、愛想笑いひとつ浮かべはしない。

「御用繁多にござれば、早々にお引き取り願おうか」

それだけ告げて、再び筆を執る。文机に向かったままで半蔵の話を聞いていたのは、一刻も早く仕事を再開したかったからしい。

呆然とする半蔵に、五郎左衛門はさりげなく嫌みを言う。

「年の瀬も近うござれば、貴公もお忙しいのではないかな」

「いや……」

半蔵はバツが悪かった。

例によって腹痛を装い、下勘定所を早退してきたからだ。

かつて影御用に励んでいた頃からの常套手段だが、今日は私用。

勤勉な五郎左衛門を前にして、言い返せぬのも無理はなかった。

黙り込んだ半蔵に、五郎左衛門はぼそりと告げる。

「申し訳ないが、こちらは毎日忙しい身にござる。くだらぬ話を持ち込んで邪魔をしないでいただきたい」

「………」

つくづく慇懃無礼な男であるが、押されてばかりでは埒が明かない。

「……御用繁多なところを相済まぬ、仁杉殿」

負けじと半蔵は答えを絞り出した。

「されど、これはおぬしのためにもなる話ぞ。いつまでもお奉行と張り合うて何になるのか、そこのところを考えていただこうか」

黙々と筆を動かす五郎左衛門に訴えかける口調は、熱を帯びている。

熱意は言葉だけではなく、態度で示すことも必要だ。

がばっと半蔵は平伏した。

「このとおりだ。頼む！」

本来ならば、五郎左衛門こそ恐縮すべき立場であった。

禄高は二百石と、百五十俵取りの半蔵より多いものの、町奉行所の与力は正式な旗本ではない。入り婿とはいえ代々の直参の家の当主である半蔵に対し、何事も逆らえぬはずだった。

にも拘わらず、五郎左衛門は聞く耳を持とうとしない。

黙々と筆を動かし、書類作りに集中している。

答えは最初から決まっていた。

五郎左衛門にとって、定謙は奉行と仰ぐに値せぬ愚者。

そんな定謙のために一所懸命になる半蔵は、輪を掛けた愚か者としか思われていない。のこのこ訪ねて来たところで、相手にされるはずもなかった。

「笠井殿……」

廊下で話が終わるのを待つ権兵衛も、当てが外れて困惑するばかり。

説得は徒労に終わり、半蔵は肩を落として南町を後にした。

数寄屋橋と目と鼻の先の八丁堀には、与力と同心の組屋敷が集まっている。

五郎左衛門の家に先回りし、門前で待ち受けることも一度は考えた。

しかし、そんな真似をしたところで逆効果。これ以上の不興を買えば、二度と面会してはもらえまい。

仁杉家の門前を素通りして、半蔵が向かった先は高田俊平の組屋敷。

式台付きの立派な玄関を備えた与力の屋敷より狭く、こぢんまりとしているが独り身の若い同心には過ぎた住まいだ。

半蔵は木戸門を押し開き、勝手知ったる様子で入り込む。

「はっ……はっ……はっくしょん！」

いきなりくしゃみが出たのも無理はない。

屋敷の中は埃だらけ。

奥の部屋から玄関にかけて、点々と足袋の跡が見える。今朝、俊平が出仕したときに付いたのだろうか、掃除が行き届いていないのにも程がある。

「やれやれ……」

口と鼻を手のひらで覆い、半蔵は苦笑する。

同心は三十俵二人扶持。多少は役得があるとはいえ、高給取りの与力と違って奉公人を大勢召し抱える余裕が無い。独身であれば配下の岡っ引きが身の回りの世話を焼いてくれるのが常だが、俊平に仕える政吉はかねてより深川の霊巌寺で寺男をしており、そこまで手が回らぬはずだ。

「政吉も歳だからな……高田も無理はさせられまい」

つぶやく半蔵の顔は、どことなく懐かしげ。

ざっと手ぬぐいで埃を払い、上がり框に腰掛ける。

程なく、表から足音が聞こえてきた。

「今日もご苦労だったなぁ、とっつぁん」

「なーに、どうってこたぁありやせんよ」

労をねぎらう俊平に、政吉は気のいい答えを返す。

政吉は還暦を迎えたとは思えぬほど、筋骨隆々とした男。

身の丈は六尺近く、ほとんど半蔵と変わらなかった。老いていながら腕も足も力士並みに太くたくましく、迫り出した下っ腹も頼もしい。

「邪魔しておるぞ」

気付かれる前に半蔵は呼びかけた。

「あっ、半さん！」

「おや、笠井の坊ちゃんじゃありやせんか！」

「坊ちゃんは止めてくれ……」

微笑む半蔵は、政吉と三十年越しの付き合いだった。

若い頃に渡り中間だった政吉は、ちょうど半蔵が生まれた頃、築地の村垣家に奉公していた。生みの母を早々に亡くした自分を不憫がって可愛がり、義理の母に辛く当たられていたのを庇ってくれた恩は、今も忘れていない。

昔馴染みの政吉が口っ引きとなり、同門の弟弟子である俊平の下で働き始めたのも、思えば不思議な縁である。

そんな二人との縁に頼るべく、半蔵は八丁堀にやって来たのだ。

とはいえ、いきなり話を持ちかけるのは厚かましい。

「無沙汰をしていて相済まぬ……二人とも息災で何よりだ」

「嫌だな半さん、何がご無沙汰なもんですか。ほとんど毎日、稽古でご一緒してるじゃありませんか」

切り出す前に、俊平は笑顔で告げてくる。

「水くさいですぜ。お話があるんならサックリ言ってくださいよ」

政吉も無言で半蔵に微笑み返す。

「かたじけない」

半蔵はぺこりと頭を下げた。

「おぬしたち、帰宅して早々に済まぬが、ちと付き合うてくれ」

「するってぇと、酒ですかい」

「うむ。灘の下りとまでは参らぬが、角樽の一つも贖わねば失礼だろう」

「そんな、いいですよ坊ちゃん、いえ、殿様」

政吉は慌てて言った。

「わっちはもちろん、高田の旦那にも余計な気を遣うこたぁありやせん。暮れになりゃ、お見回り先の大店から酒だの餅だの、歳暮の品がたんと届くんですから……とりあえず台所にゃ焼酎の買い置きがありやすし、肴もわっちの昔馴染みが届けてくれた鰯の丸干しが山ほど取ってありますんで、今夜のとこはそれで賄いましょうや、ね？」

気のいい笑顔で告げる政吉は銚子の生まれ。仲の良かった悪童仲間の一人が今は網元になっており、房総の海の幸を折に触れて送ってくれるというのは、半蔵も知っていた。気持ちは有難いが、勘違いをされては困る。

「いや、何もおぬしらのために高い酒を買おうというわけでは……」

説明するより早く、俊平が頭を掻きながら口を挟む。

「すまねぇなとっつぁん。その鰯なら、ゆんべ食っちまったよ」

「お一人で、ですかい？」

「いや、晋助と二人でな」

「わっちが失礼した後に、浪岡さんがいらしたんですかい」

「そうなんだ」

目を丸くする政吉に、俊平は続けて語った。

「いきなり一升徳利をぶら提げて来て、祝い酒に付き合えって言うんだよ。どうしたんだって聞いてもにやにやするばっかりで、話が整った折にはよしなに頼むとしか言わなくてなぁ……何とか聞き出そうと夜っぴいて呑んでるうちに徳利は空っぽ。火鉢で炙（あぶ）る端から齧（かじ）ってたら、丸干しも無くなっちまった」

「それで朝から酒臭かったんですかい……。しょうがねぇですねぇ」

政吉が苦笑する。

「だったら仕方ありやせん。ひとっ走りして、小鍋仕立ての材料を見繕って参（めえ）るといたしやしょう。高田の旦那はお手数ですが、鍋を出しといておくんなさい」

「嫌だぜ、とっつぁん、埃をかぶってて、どうにも手が負えねぇや」

これ以上、勘違いをさせておくわけにはいかない。

「待ってくれ」

半蔵は二人の間に割り込んだ。

「俺はおぬしたちと一献傾けるために参ったのではない。宇野のご隠居に頼み事がある故、同行してもらいたいのだ」

「なーんだ。そういうことだったんですかい」

宇野幸内の名を出したとたん、俊平は納得した。

「持って回った言い方をしないでくださいよ。俺と政吉とっつぁんを新大橋まで連れ出して、ご隠居に口利きをさせようってんですね」

「左様……あの御仁とは、ちと行き違いもあった故な」

「そのことなら、もう気にしないでおくんなさいよ。俺と浪岡も、根に持っちゃおりやせんし」

「おぬしたちは左様かもしれぬが、宇野殿は違うであろう」

「ううん、そうですかねぇ。考えすぎじゃありやせんかい」

「一人で訪ねて断られ、二度と会ってもらえなくなっては元も子もない……手数をかけて相済まぬが、どうか付き合うてくれ」

頼み込む半蔵は真剣そのものだった。

五郎左衛門を説得し、定謙と和解させる役目は、半蔵一人では手に余る。

とはいえ、俊平と政吉を交渉に同席させるわけにもいくまい。

共に五郎左衛門とは面識があり、政吉は調べ事を頼まれることもあるらしいが説得を手伝ってもらうには力量不足だ。

やはり、担ぎ出すべき人物は宇野幸内しかいない。

幸内と五郎左衛門は、若い頃から同じ釜の飯を食い、切磋琢磨しながら友情を育んできた間柄。半蔵の言うことには耳を貸さない五郎左衛門も、長らく苦楽を共にしてきた旧友の言葉まで、無視はできないはずだった。

二

三人は八丁堀から浜町河岸を経て、大川端に出た。

「ぶるるっ、やっぱり夜風は冷えるなぁ」

「川っ風ですからね。暑い盛りにゃ心地いいもんですが……」

身震いする俊平に政吉が言った。

半蔵は無言で先に立ち、夜の新大橋を渡っていく。

広い川面を吹き渡る風は冷たい。空腹となれば尚のこと、身に堪える。

幸内が自ら青葉庵と名付けた隠居所があるのは、大川と交わる小名木川の河口近く。

元禄の昔に松尾芭蕉が庵を結んだ、風光明媚な一画だった。

生け垣に囲まれた、ちいさな隠居所が見えてきた。

囲炉裏で煮炊きをしているらしく、細い煙がたなびき出ている。

「ちょうど夕餉時でござんしょう。ご隠居は宵っ張りですからね」

「そうだな。いっつも読本三昧で夜ふかしするから、晩飯は遅いんだよなぁ……半さんとご隠居の話が終わるのを待ちがてら、俺らは先にご馳走になるとしようかい。なぁ、とっつぁん」

「そうですねぇ、久しぶりにお憐坊の手料理をいただくとしましょうか」

「…………」

政吉と俊平のやり取りを耳にしながら、半蔵は緊張を隠せない。

幸内と顔を合わせるのは、久しぶりのことだった。

南町奉行の座を狙う定謙に半蔵が、阻もうとする五郎左衛門に幸内がそれぞれ手を貸し、暗闘を繰り広げていた頃以来である。

かつての敵に頼み事をするなど、恥ずべき話。

だが、今は他に打つ手がない。

迷いながら、半蔵は隠居所の前に立つ。

そこに政吉が進み出た。

「訪(おとな)いはわっちが入れやしょう」

「済まぬな、政吉。恩に着るぞ」

「水くせぇことは言いっこなしにしてくださいまし」

そっと半蔵を押しのけて、政吉は微笑する。

大きな手を固め、とん、とんと板戸を叩く。

「はーい」

すぐに応じたのは可憐な声。

憐、十九歳。

幸内の身の回りの世話をしている、住み込みの若い女中である。

「俺だよ、政だ」

「あら小父さん、いらっしゃい」

憐は板戸を開け、まるい顔一杯に笑みを浮かべて政吉を迎えた。顔だけ見れば子どもっぽいが胸も腰も女らしく、豊かに張っている。

「遅くにすまねぇなあ、お憐坊」

白髪頭を掻きながら、政吉は土間に踏み入る。

後に続く俊平も素知らぬ顔。

半蔵を中に入れてしまえば、後は幸内と会わせるのみだ。

その幸内は奥の私室で寝転がり、呑気に読本の頁をめくっていた。

手にしているのは、曲亭馬琴作『南総里見八犬伝』。

壁際に設けられた棚や文机の脇には読本や合巻がうず高く積まれ、辺りの床にまで置かれている。

とりわけ馬琴贔屓の幸内は、往年の出世作『復讐月氷奇縁』に始まり『椿説弓張月』『傾城水滸伝』をすべて初版で持っている。そして延々と書き継がれる『八犬伝』

を新刊が出るたびに買い求め、飽くことなく読み耽るのが日課だった。

装いは、くつろいだ着流し姿。優美な細面に縞縮緬がよく似合う。

幸内は今年で五十三歳。

一昨年に職を辞し、悠々自適の元吟味方与力である。

「よぉ、珍しい組み合わせじゃねーかい」

身を起こし、幸内は三人に笑顔を返す。

半蔵の顔を目にしても、特に驚きはしなかった。

「用向きは何だい、お前さん」

「ご相談申し上げたく、罷り越しました」

「相談かい……」

読みかけの馬琴を書棚に戻し、幸内は三人が待つ囲炉裏の間に移動する。

囲炉裏では猪鍋が煮えていた。

「あっちでいただいてもよろしいですかい、旦那」

「そうしてくれるかい。政」

「失礼しやす」

政吉は自在鉤から鍋を下ろし、台所に運んでいった。

俊平は憐を手伝い、膳の支度を始めていた。

食事を始める二人をよそに、幸内は半蔵を囲炉裏端に座らせる。

「話を聞こうじゃねーか。さぁ、言ってみな」

あぐらを掻いた幸内は、硬い面持ちの半蔵に微笑み返す。

それでいて、話を聞き終えても何の感慨も示さない。

穏やかな表情のままで、さらりと一言返す。

「お前さん、頼る相手を間違えてるぜ」

「えっ……」

「だってそうだろうが。ええ？」

言葉を返せぬ半蔵に、幸内は続けて言った。

「お前さんと俺は、これまでさんざんやり合って来た。矢部駿河守と仁杉五郎左衛門、それぞれ信じる者のために……な」

「………」

「まぁ、俺だってお前さんにゃ恨みはねぇさ」

　硬い面持ちの半蔵に、幸内は微笑みかけた。

「うちの若いの……俊平から聞いてるぜ。近藤先生が間に入って、浪岡晋助とも仲直りしたんだろ」

「さ、左様」

「それでいいのさ。くだらねぇ野郎に義理立てして、あんまり世間を狭くしちゃいけねぇよ」

　幸内は笑顔で続けた。

「ところでお前さん、幾つになるんだい」

「三十三にござる」

「ははは、五十の坂を越えた俺から見りゃ、まだまだ若いぜ」

「左様にござるか。高田や浪岡と竹刀を交えるたびに、歳を感じてしまいまするが……」

「そんなのは思い過ごしさね。流派の違う俺が言うこっちゃあるめぇが、手の内の錬りも体のさばきも、お前さんが格段に上だよ」

「お、恐れ入りまする」

「なーに。別にお世辞は言っちゃいねぇさ」

幸内は気のいい笑みを浮かべた。

「俊平も晋助も馬力は大したもんだし、あの歳の剣客連中の中じゃ頭ひとつ抜けちゃいるけどよ、柄の握りがまだ雑だし、動きにもちょいちょい無駄がある。兄弟子のお前さんに学ぶところが多いはずだ」

「…………」

「なぁ半蔵さん、ここらで上つ方に踊らされるのは止めにして、御勘定所勤めと剣の道に専心したらいいんじゃねぇか。そうしたほうが、別嬪（べっぴん）の奥方も喜ぶはずだぜ？」

「…………」

「俺にとって矢部駿河守は、どう転んでも助けてやる値打ちのねぇ野郎よ。お前さんだって、ほんとはそう思ってるんじゃねーのかい？」

「…………」

否定できない半蔵は辛かった。

たしかに定謙の行状は、これまで褒められたものではなかった。

町奉行の職に就く以前、左遷続きだった頃にはとりわけひどく、人でなし呼ばわりをされても仕方のない毎日を送っていたものだ。

だが、今は違う。

酒食遊興の日々ときっぱり決別し、行き過ぎた倹約を押し付ける忠邦と臆(おく)することなく対立し、南町奉行として民のために頑張っている。

定謙を助けたければ、いつまでも幸内に圧(お)されっぱなしでいてはいけない。

機を見出して反撃し、説き伏せるのだ。

しかし、幸内は聞く耳を持ってくれそうになかった。

「俺に言わせりゃ、矢部も鳥居も同じ穴の貉(むじな)よ。二人揃ってふざけた野郎としか思っていねぇ。そんな俺が五郎左衛門をわざわざ口説いて、矢部と手を組ませるはずがねえだろうが？　お前さん、無茶を言っちゃいけないよ」

沈黙を余儀なくされた半蔵に語る口調は、相も変わらず素っ気ない。

目の前の半蔵、そして先程まで話題に上っていた定謙にのみ、冷ややかな態度を取ったわけではない。

新たに話題の主となった五郎左衛門のことも、口ぶりとは裏腹に、どこか突き放しているかのようである。

そのことに気付いた半蔵は、さりげなく探りを入れた。

「時にご隠居、今の暮らしはいかがにござるか」

「藪(やぶ)から棒に何を言うんだい。ははは、もちろん楽しい限りだぜ」

幸内は笑みを浮かべて言った。

口調も態度も、先程までと違う。

素っ気なさが失(う)せ、朗らかな表情を浮かべていた。

「隠居ってのはいいもんだぜ。毎日決まった刻限に出仕しなくていいし、重たい刀(の)を二本突っ張らかせて帯びることもない……面倒なら袴も穿(は)かなくて構わねぇしな。万事楽でいいや」

「成る程。まさに悠々自適(ゆうゆうじてき)でござるな」

「これまで忙しすぎたから、余計にそう思えるんだろうなぁ」

幸内は明るく微笑んだ。

「見習い与力だったガキの頃から数えりゃ、俺ぁ南町に四十年務めてきた。仁杉も初めて出仕したのは十四だから、ほぼ同じだな。俺もあいつも休みなんぞ碌(ろく)に取ったことはなかったが、今じゃ毎日が非番続き……ははは、極楽気分ってのはこういうもんだろうぜ」

「ということは、今のお暮らしに満足しておられるのか」

「もちろんだぜ」

「まことにござるな？」

「しつっこいなぁ。俺の暮らしが満ち足りてちゃ悪いのかい」

「いや、そうではござらぬ」

幸内がムッとしたのを見て取りつつ、半蔵は言った。

「今のお暮らしがそれほど大事ならば、ご隠居こそ仁杉殿に合力なさらず、駿河守様と事を構えられることなく、読本三昧で毎日楽しゅうお過ごしになられればよろしいではありませぬか」

「おいおい、藪から棒にも程があるぜぇ」

半蔵の切り返しを、幸内は苦笑でかわす。

「そう四角四面に割り切れるはずがねぇだろ。それはそれ、これはこれだよ」

「と、申されますと？」

「あいつと俺は同じ頃に見習い与力になって、今日まで長い付き合いだ……幾ら俺が楽隠居を決め込みたくても、放っとけるはずがねぇだろうが？」

「まことにござるか、ご隠居」

「下手な探りを入れるのは止しなよ、半蔵さん。吟味方の与力だった俺を素人が引っかけて泥を吐かせようとするなんざ、百年早いってもんだぜぇ」

幸内はまた苦笑した。

「あーあ、お前さんにしつこく付きまとわれて、仁杉も災難だよなぁ……だから早いとこ隠居すりゃいいんだよ。男やもめの俺と違って立派な跡取り息子もいるこったし、とっとと家督も与力の職も譲って楽になりゃいいのに……そうなりゃ俺も安心できるんだがなぁ。一日も早く、隠居したあいつと一献傾けてぇよ」

どうやら本音で言っているらしい。

五郎左衛門のためならば、幸内は何でもするつもりなのだ。

半蔵は囲炉裏端から立ち上がった。

今こそ、切り札を出すときだ。

がばっと幸内に向かって平伏し、首だけを上に向ける。

「おいおい、こいつぁ何の真似だい？」

「ご隠居……いや、宇野幸内殿。どうか拙者に合力してくだされ」

「しつっこいなぁ。さっきから駄目だって言ってんだろうが」

驚きの表情を早々に引っ込め、幸内はつれなく答える。

こう来るのは、半蔵も承知の上。

まずは愚直な態度を示した上で、話に乗せるつもりだった。

「されど、仁杉殿のためならば労を厭わぬのでありましょう」

「もちろんさね。そんなこと、いちいちお前さんに言われるまでもねぇやな」

「そのお言葉に、偽りはござらぬな？」

「当たり前だい」

「それは重畳」

半蔵はここぞとばかりに言い放った。

「お奉行と速やかに手を組まねば、仁杉殿は危のうござるぞ」

「どういうこった」

「鳥居耀蔵はいよいよ本腰を入れ、南町奉行の職に狙いを定めた由……駿河守様を追い落とすため、まずは仁杉殿を陥れんとしておるのです」

「ほんとかい？」

「駿河守様は毎日の如く、老中首座の水野越前守様から致仕を迫られておられるとのこと。越前守様は、懐刀の鳥居を後釜に据えるご所存なのでありましょう」

「馬鹿野郎、どうしてそれを先に言わねぇんだい！」

幸内は半蔵を一喝した。

「とっとと子細を聞かせな。さぁ!!」

楽隠居で過ごしたいとうそぶいた、能天気な表情はどこにも無い。本来の持ち味である、熱い態度を示して止まずにいた。

三

翌日の午後、幸内は南町奉行所を訪れた。

まだ、昼を過ぎたばかりである。

江戸城中に出仕中の矢部定謙が戻る前に用件を済ませ、顔を合わせることなく早々に引き上げるつもりであった。

動く理由はただひとつ。四十年来の友を迫り来る危機から救い、共に老後を心安らかに過ごしたい一念のみ。

それでいて、数寄屋橋を渡り行く姿は飄々(ひょうひょう)としている。

袖なし羽織を着け、裾を絞った軽衫(カルサン)を穿(は)いた装いは、楽隠居そのものだ。

されど、目の輝きは現役の吟味方与力だった頃のまま。

漂わせる気迫も尋常なものではなかった。

「な、何奴(なにやつ)！」

門の外から押し寄せる迫力に圧され、番所の門番衆は一斉に色めき立つ。

慌てて潜り戸を開けてみれば、笑っていたのは昔馴染み。

「う、宇野様……」

「な、何事でござるか？」

「みんなそのまま、そのまま。ちょいと邪魔するぜぇ」

呆然とするのに微笑み返し、幸内は悠々と門の中に入っていく。年番方与力の用部屋に辿り着くまで、行く手を阻む者など誰もいなかった。

「よぉ、久しぶりだな」

「うむ。おぬしも息災そうで何よりだの」

突然の来訪に驚くことなく、五郎左衛門は旧友を迎える。

幸内が破天荒な行動ばかりするのは、今に始まったことではなかった。

何しろ、現役当時の異名は鬼仏。

吟味方与力は、後の世の検事に当たる役職だ。

その頃の幸内は、善人を装って裁きを逃れんとする悪党どもの罪を暴き、鬼と化して厳罰を下す一方、無実の罪を着せられた弱者たちを救うためには慈悲深き仏となって、持てる力を尽くすのを厭わなかったものである。

常識に囚われた行動をしていては、裁きを覆すことなど出来はしない。

御法の網を潜り抜けるのに慣れた外道に鉄槌を下すためには、上を行く知恵と破天荒な行動力、そして窮地で我が身を護る、剣の技量が欠かせない。

宇野幸内という男には、正義を貫くために必要なすべてが備わっている。

そんな頼もしい友を、近頃の五郎左衛門は頼ろうとせずにいた。

矢部定謙が南町奉行の職を狙い、前の奉行の筒井政憲を追い落とそうと躍起になっていた頃と違って、このところ接触を避けている節があった。

幸内にしてみれば、不可解なことである。

半蔵から要請されるまでもなく、折を見て確かめるつもりだったのだ。

「話があるんだ。ちょいと人払いをしてくんねぇ」

「承知した」

今日の五郎左衛門は、幸内を避けようとはしなかった。

飄々としていながらも目だけは鋭い、持ち前の迫力に圧倒されたのか。

あるいは、ちょうど友に頼りたくなっていた頃なのか。

知っているのは、当の五郎左衛門のみ。

鬼仏と呼ばれた幸内の眼力を以てしても、それは見抜けぬことだった。


人払いをした用部屋で、二人きりの話は長い時間に及んだ。

「なぁ仁杉、少しは後生を大事にしようぜ」

「お奉行を裏切り、駿河守に合力せよと申すか」

「仕方あるめぇ。お前さんだって、笠井半蔵が嘘八百を並べ立てていやがるとは思っちゃいねぇんだろ」

訴えかける幸内の口調は熱っぽい。

楽隠居を気取って過ごしているときとは、まるで別人のようである。

それほど本気になって、旧友を救いたいのだ。

「笠井の言うことはもっともなのだぜ、仁杉よ」

黙ったままの五郎左衛門に、幸内は続けて語りかける。

「お前さんも知ってのとおり、駿河守は江戸の民の人気者だ。人望のねぇ鳥居の奴が追い落として後釜に座ろうにも、しかるべき理由ってもんが要る……それで先だっての同心殺しをお膳立てしたんだろうよ。乱心した配下が刃傷沙汰を引き起こすたぁ南町奉行は何をしてるんだって、悪い評判を……な」

「これ、滅多なことを申すでない」

「いーや。あれは十中八九、鳥居が仕組んだこった。あの三村右近を殺しの手先に使って、な」

「うむ……」

あの不可解な同心殺しも、右近が手を下したと見なせば符丁が合う。

「それにしても、駿河守の人気は大したもんだ。あれだけのことが起きても幕閣のお歴々は駿河守を罷免(ひめん)しようとしねーし、あいつを嫌い抜いてなさる老中首座の水野越前守様だって、せいぜい御城中で嫌味を言って気を滅入らせ、手前(てめえ)から辞めていくように仕向けるぐれぇが関の山だろうし、奉行の首をすげ替えるとなりゃ一苦労だ。さすがに辛抱強い鳥居の奴も、そろそろ痺(しび)れを切らしているこったろう」

「故に、儂(わし)が狙われると？」

「そういうこった」

確信を込めて、幸内は答える。

「俺が鳥居なら間違いなく、お前さんを罪に落として駿河守に揺さぶりをかけるだろうぜ。同心が三人死んでも動こうとしなかった幕閣のお歴々だって、南町に仁杉ありって言われた名与力が罪に問われりゃ放っとくわけにいくめぇからな」

「見くびるでない。この儂に付け入られる隙があると思うのか、宇野？」

さすがに五郎左衛門もムッとする。

「はははは、怒るな怒るな」

睨まれても動じることなく、幸内は笑う。

「たしかにお前さんほど、醜聞ってやつと無縁な役人も珍しいだろうぜ」

「さもあろう。役人とは己を律し、常に正しゅう生きねばならぬと、常々心得ておる故な」

「へっ、他の野郎がそんなことを言ったところでお笑い草だが、お前さんはそのとおりなんだから恐れ入るぜ」

幸内は苦笑した。

自他共に認めるとおり、五郎左衛門には隙が無い。

その気になれば幾らでも賄賂を取れるのに鐚一文受け取ろうとせず、酒食遊興に興じることもしなかった。

果たして、どこに隙があるのだろうか。

それは、五郎左衛門自身が知りたいことだった。

「おぬしならば何とする、宇野」

「そうだなぁ……」

幸内は黙り込む。

しばし思案をした末に、ぼそりとつぶやく。

「付け込むとすりゃ、あの一件しか無かろうよ」

「あの一件、とは」

「忘れちまったのかい、御救米(おすくいまい)調達のことさね」

「……あのことか」

「そうだよ。与力になって四十年、お前さんが危ねぇ橋を渡ったのは、後にも先にもあのときだけだろう」

「……うむ」

五郎左衛門はうなずいた。

「奴らだって馬鹿じゃねぇやな。前にも鳥居は駿河守と組んで、あのときのことを嗅(か)ぎ回っていただろうが」

「左様。罪なき手代たちまで消されてしもうた……」

「お前さんが手心を加えてやった連中だったな」

「うむ」

「つまり、お前さんが私欲で事を起こしたんじゃねぇって証(あか)しを立ててくれる奴はもういねぇわけだ……鳥居の奴が本腰を入れてほじくり返せば、白を黒にするのは容易(たやす)いこったろう」

「であろうな」

「だったら、どうして駿河守と手を組まねぇ？」

「分からぬか。わが身が可愛いからと言うて、今になって節を曲げては、お奉行に申し訳が立たぬからよ」

　幸内の熱を帯びた問いかけに、五郎左衛門は静かに答える。

「むろん、儂とて命は惜しい。年番方まで昇り詰めた、この地位もな。されど今さら矢部駿河守を奉行と認め、手を組むわけには参るまい。昔も今も儂にとって南町奉行はただお一人、筒井政憲様のみなのだからな」

「そのお奉行が、もういいって言っていなさるとしたらどうするね」

「何……」

「俺ぁ朝一番で前のお奉行……筒井伊賀守様に会ってきたのよ」

「お目通りして参ったのか、宇野？」

「ああ。ちょいと手間ぁ食ったが、ご出仕前にちょいと……な」

　去る四月二十八日に職を解かれた筒井伊賀守政憲は、あれから江戸城の西ノ丸留守居役となっていた。

かつて定謙が忠邦と対立して勘定奉行を辞めさせられた後、報復人事で左遷をされ、しばらく就いていた職である。

何とも理不尽な人事だった。

政憲も、かつて南町の名奉行と呼ばれた男。名ばかりの閑職に就かせておいていい人材ではない。

幸内はそんな政憲を励ますと同時に、いよいよとなったときに説得を手伝ってもらうべく、朝駆けで訪問したのだ。

左遷された元の上司を訪ねるのは気が引けることだが、五郎左衛門が心酔する政憲が味方になってくれれば心強い。

しかし、無礼を承知で押しかけたのも無駄足だったらしい。

「左様か……おぬし、お目通りをして参ったのだな」

五郎左衛門は、早々に落ち着きを取り戻していた。

政憲に会ったと聞かされ、一瞬浮かべた驚きの表情はすでに無い。

「どうであったか、宇野」

改めて幸内に問いかける口調も、落ち着いたものだった。

「お奉行、随分とやつれておられたであろう」

「え……お前さん、どうして分かるんだい」

　今度は幸内が驚く番。

　五郎左衛門は淡々と続けた。

「折に触れて、ご機嫌伺いをさせてもろうておるのでな……。実を申さば、つい先日も角樽を持参いたしたばかりぞ」

「なーんだ、そうだったのかい……。道理で、とっときのを一樽提げてったのに大して喜ばれなかったわけだ。まぁ、もともと量は呑めねぇお人だけどよ」

　幸内は嘆息した。

　政憲は一言も口にしていなかったが、南町奉行を罷免された後も五郎左衛門はしばしば屋敷を訪問し、奉行所の現状を報告していたのである。

「して宇野、お奉行は何と仰せであったか」

「もとより承知の上じゃねぇのかい？」

「おぬしの口から聞きたいのだ」

「そうか……」

もう一度溜め息を吐き、幸内は言った。

「儂に義理立てするには及ばぬ、宇野も仁杉も後生を大事にせい……そう言っていらしたよ」

「左様か……。ははは、申されることは同じだな」

五郎左衛門は微笑んだ。

釣られて幸内も頬をほころばせる。

二人にとって、筒井政憲は格別の存在であった。

無能な者を支えたいとは思えぬのが人の常。奉公する身でも、愚かなあるじに長く仕えたくないものだ。

その点、政憲は盛り上げ甲斐のある奉行だった。

文政四年（一八二一）に四十四歳で南町奉行となった政憲を、二十年の長きに亘って支え続けたのは、幸内と五郎左衛門。

両輪となって張り切るだけではなく、配下たちも奮起させた。

権力者の側近には欠かせぬ心がけである。

幸内は人を煽るのも上手い。同心から末端の小者、そして外部の協力者である岡っ引きや下っ引きまで、南町の御用に関わる全員に労を惜しまず働かせ、政憲を名奉行と呼ばれるまでに押し上げたのだ。

もちろん、政憲にそれだけの値打ちがあったからである。

しかし、定謙には盛り上げる価値が無い。

幸内は、そう考えている。

思うところは五郎左衛門も同じだった。

「ほーんと、前のお奉行は良かったよなぁ」

「うむ。申すまでも無きことだが、な……」

遠い目をして、二人はうなずき合う。

虚しさを覚えたのも無理はない。

上つ方とは、何と勝手なものなのか。

六十も半ばに近いとはいえ、政憲は有能な人材。町奉行に限らず、重要な職がまだまだ務まるはずだった。

にも拘わらず、忠邦は政憲を左遷した。

老中首座の強権を発動して他の老中たちを押さえ込み、江戸市中の司法と行政を任せておくにふさわしい名奉行を、誰でも務まる閑職に廻したのだ。

つくづく理不尽なことである。

「勝手なもんだなぁ、上つ方ってのは……」

「ああ、勝手だ」

ぼやきたくなるのも無理はなかった。

年齢を理由にして政憲が役目替えをされたのは、明らかにおかしい。

高齢でありながら幕府の要職を務める者は、何人もいる。

たとえば、勘定奉行の梶野良材は当年六十九歳。

忠邦は年嵩（としかさ）の良材に重要な職を任せる一方で、政憲を左遷したのだ。

どう考えても、不自然な人事である。

幸内と五郎左衛門が愚痴り合いたくなるのも、当然だった。

「なぁ、仁杉」

「何だ」

「水野越前守ってお人は、どんな面（つら）ぁしていなさるんだろうな」

「馬鹿を言うな。御目見得に非（あら）ざる儂が、知るはずもなかろう」

「そうだなぁ。何でも口髭を自慢にしていなすって、手入れを欠かしてねぇってことぐらいしか、俺も聞いたことがねぇや」

「加えて、大した堅物であられるそうだの」

「堅物にしちゃ、やり口がいちいち汚ぇけどなぁ……」

　幸内はまた嘆息した。

　忠邦が政憲を左遷し、ウマの合わぬ定謙を抜擢したのは、いつ辞めさせてもいい者を南町奉行にする必要があればこそ。

　何事も思いのままに押し通さずにいられぬ忠邦も、強引すぎる倹約令を伴った幕政改革が早々に上手くいくと考えるほど、頭が単純には出来ていない。

　あらゆる贅沢と娯楽を禁じられた市中の民が幕府に反発し、このままでは暴動が起こりかねないことも、最初から計画に織り込み済み。

　定謙が南町奉行に抜擢されたのは、いずれ生け贄にするためだった。

　将軍のお膝元たる江戸で騒ぎが起きたとなれば、しかるべき立場の者に責任を取らせる必要がある。

　その点、定謙は犠牲にするのに申し分ない。

若き日に火付盗賊改の長官を務め、大坂西町奉行を経て勘定奉行の職に在った頃には評判が良かったものの、左遷が続いて素行を悪くし、酒に酔ってつまらぬ騒ぎをしばしば引き起こしたため、吉原を始めとする市中の盛り場で鼻つまみ者となっていたからだ。

すっかり評判を落とした定謙が、再び支持を得られるとは考えがたい。

いつ罷免されても誰からも惜しまれぬなら、生け贄にするには好都合。

忠邦は左様に判じ、南町奉行の要職に据えたのである。

「それにしても、やることが汚なすぎねぇか?」

「人とはそういうものぞ、宇野……堅物だからと言うて、常に行いが正しいとは限るまい」

「そうだなぁ。融通が利かず、四角四面にしか物事を考えられねぇくせに意地を通すから困ったもんだ。縦のもんを横にしたほうが上手くいくってことも、世の中にゃ多いはずなんだけどなぁ……」

「ははは、おぬしが上に立たば、政(まつりごと)はがらりと変わるであろうな」

「その代わり、みんな怠けちゃいられなくなるぜぇ。お前さんと二人してお奉行を盛り立ててた頃の南町みてぇにな」

「それぐらいでちょうどいい。異国の船が日の本を脅かし、いつ攻め入って参るのか分からぬご時世に、決まりきったことばかりしておっては、時勢に追いつけなくなるのは必定……危うきことだ」

「仕方ねぇ。今からでも、上を目指してみようかね」

「登用試験の学問吟味でも受けるつもりか、宇野？」

「お前さんがそうしたほうがいいってんなら、やっても構わんぜ」

「止せ止せ。今更四書五経を学ぶより、好きな馬琴でも読んでおれ」

「それでいいのかい？」

「おぬしはよう働いた……存分に楽をしてくれれば、儂も嬉しい」

「そいつぁお前さんも同じだろうよ。今年を限りに隠居して、二人してのんびりやらねぇか？」

「ははは、そうは参らぬ」

幸内の誘いを、五郎左衛門は一笑に付した。

「多趣味なおぬしと違うて、儂には何の嗜みも無い。ただただお役目に励むことしか出来ぬ、無粋者だからのう」

「何でも手ほどきしてやるよ。五十の手習いってのも、乙なもんさね」

「かたじけない。気持ちだけ、有難く頂戴しておこう」

「それじゃ、まだ南町で踏ん張るつもりかい」

「うむ、もとよりそのつもりだ」

「だけどお前さん、駿河守と手を組むつもりは金輪際無いんだろう？」

「当たり前だ。埒も無いことを何度も聞くでない」

苦笑しながらも、五郎左衛門は幸内に感謝していた。

「心配をかけて相済まぬ。このとおり、礼を申すぞ」

「よ、止せよぉ」

すっと頭を下げられ、幸内は当惑する。

半蔵と約束した以上、話半ばで放り出すわけにはいくまい。

何よりも、五郎左衛門の今後が気がかりだった。

鳥居耀蔵は手強い男。

どのような策を巡らし、罠を仕掛けてくるか分かったものではない。

汚い手を使うのも厭わぬ敵を相手取るには、五郎左衛門はきれいすぎる。勤勉にして愚直一筋の、忠邦の上を行く堅物だからだ。

一方の矢部定謙は、清濁を併せ呑むことの出来る男。

それだけ俗物とも言えようが、五郎左衛門と合わせて二で割ればちょうどよくなるはずだ。

ここは半蔵の提案に沿って、二人に手を組ませたい。

しかし旧友の意志は固く、再三の説得も功を奏さなかった。

「分かってくれ、宇野。儂とて、あのお方……今のお奉行がまったくの役立たずとは思うておらぬ。それなりに気骨があり、笠井殿が慕うのも無理からぬことと申せるだけの男気もある。されど、儂から見ればまだまだなのだ……おぬしとて思うところは同じであろう」

「そりゃ、そうだけどよぉ」

「話はこれまでにしてくれぬか、宇野……。儂は儂、あのお方はあのお方。各々の信ずる道を進むまでぞ。それでいいではないか？」

「ったく、お前さんは頑固だなぁ。若え頃から、ちっとも変わっちゃいねぇや」

呆れながらも、幸内は五郎左衛門を怒れない。

五郎左衛門と定謙は、どこまで行っても水と油。

手を組ませることなど、最初から無理な相談であった。

四

幸内の説得が不首尾に終わってしまったとはつゆ知らず、半蔵は下城中の定謙一行を、さる場所に案内していた。

御用繁多な南町奉行を、遠くまで連れ出したわけではない。

一行の先に立ち、向かった場所は呉服橋界隈。

北町奉行所のお膝元には定謙と和解させたい、二人の男女が住んでいた。

「笠井、ここは……」

「おや、ご存じではありませぬのか」

半蔵は乗物を停めさせ、とぼけた声で引戸越しに言上する。

「先だって一度、お忍びでお越しになられたと承っておりまする。頃も良いかと存じまして、勝手ながらお連れ申し上げました」

「左様であったのか……」

「余計な真似でございましたかな？」

「いや、苦しゅうない」

当惑しながらも威厳を示し、定謙は乗物から降り立つ。

視線の先には一軒の煮売屋。

屋号は『笹(ささ)のや』。

間口こそ狭いが客足が絶えない、界隈でも人気の店である。朝は一碗十六文の日替わり丼が早出の棒手振り(ぼてふり)や力仕事の人足衆に喜ばれ、夜になれば値が手頃で美味(うま)い酒と肴を供してくれる。

日暮れには早いため、まだ暖簾(のれん)は掛かっていない。

「失礼つかまつりまする」

定謙に断りを入れ、半蔵は進み出る。

障子戸に手を掛けるしぐさは、勝手知ったる様子。

半蔵自身、訪れるのは久しぶりだった。

お駒と梅吉は夜の商いの仕込みを済ませ、遅い中食を掻っ込んで休憩している頃である。例によって土間に並べた飯台に突っ伏し、昼寝中のはずだった。

内緒で定謙を連れて来たと知れば、二人とも激怒するに違いない。

(二度と来るなと言われるやもしれぬな……)

そんな不安を覚えながらも、半蔵は余計な真似をしたとは思っていなかった。

不幸な経緯が重なって敵同士になったものの、お互いに思いやる気持ちが皆無ではないことに、半蔵はかねてより気が付いていた。

願わくば、和解をさせたい。

血を分けた親と子が争うほど、不幸なことはないからだ。

それに耀蔵を敵に回すとなれば、定謙は一人でも多くの味方が必要だ。

その点、お駒と梅吉ならば申し分ない。

恩讐を超えて許し合い、盗賊あがりの技を善き方向に活かしてほしい。

(上手く行ってくれよ……)

胸の内で祈りながら、半蔵は戸を開く。

案の定、二人は眠りこけていた。

店の土間には飯台と、腰掛け代わりの空き樽が置かれている。

朝早くから丼を食いに立ち寄る客は、パッと食べてサッと出るため、ゆっくり座る者などほとんどいない。

立ちっぱなしなのは、たった二人で店を営むお駒と梅吉も同じこと。休憩するどころか厠に立つ暇も無く、のんびりできるのは午後のひと時だけであった。

「のう笠井、出直さぬか……?」

後に続いた定謙が、声を低めて問うてくる。

和解したいと思えばこそ、気を遣わずにいられないのだ。

半蔵は黙ってうなずき返し、そろりと歩を進める。

「うーん……」

お駒が薄目を開けた。

ただでさえ童顔なので、寝起きは一層幼く見える。

「ふぁー……何だ、サンピンかい……人様が休んでる時分なのを知ってるくせによぉ……ちっとは気を遣えよなぁ」

向かいに座った梅吉も目をこすりつつ、ゆるゆると上体を起こす。半蔵の背中に隠れた定謙には、二人とも気が付いていなかった。

権兵衛は障子戸の陰で息を潜め、事の成り行きを見守っている。

他のお供たちは目立つため、通りの反対側で乗物ともども待機中。

供侍も陸尺も、揃って神妙な顔だった。

「殿さまは大丈夫ですかねぇ……」

「拙者に聞かれても分かるはずがなかろう、阿呆め」

陸尺にぼそりと問いかけられ、供侍が小声で叱る。

しかし、中年の陸尺も負けてはいない。

「ひでぇなあ。親子の仲が上手くいかなくってもいいんですかい？」

「何を言うか。こうしておるのも、すべて殿の御為と思えばこそよ。余計なことを申さずに、黙ってお見守りいたすのだ」

答える供侍は真剣そのもの。

その他の人々も、思うところは同じだった。

今日『笹のや』を訪ねることを、半蔵はあらかじめ一同に話してある。

権兵衛を始めとして誰も余計な口を挟まず、半蔵の提案に黙って従ってくれたのは、主君の幸せを誰もが願って止まずにいればこそ。

町奉行所に勤める与力と同心は、奉行個人の家来と違う。表向きはみんな殊勝に振る舞っているが、腹の底は分かったものではない。

しかし今日、この場で成り行きを見守る、供の面々は生え抜きばかり。

権兵衛ら内与力は、全員が家士あがり。

供侍と陸尺、足軽や中間も以前から矢部家に奉公しており、定謙の過去は良いことも悪いことも、すべて承知の上であった。

お駒と梅吉は、かつて火盗改の長官だった頃に定謙が斬り捨てた、盗賊たちの遺児である。

しかもお駒は、定謙が奥女中に生ませた娘。

屋敷から追い出され、路頭に迷った母娘は盗賊の頭に救われた。そしてお駒は一味の小頭の息子だった梅吉と、兄妹同様に育てられたのだ。

以前のお駒と梅吉は隠れ蓑の煮売屋を営む一方で、定謙に復讐する機を狙ってばかりいたものである。

そんな二人が半蔵と知り合い、少しずつだが変わってきた。

進んで定謙と顔を合わせようとはしないものの、危機に陥ったのを救うために手を貸したことは、一度や二度ではなかった。

何も許したから助けるのではない、他の者に殺させるわけにはいかないからだとうそぶいてはいるものの、お駒も梅吉も、定謙のためには命を懸けられる。

そろそろ和解に向け、動き出してもいい頃合い。

そう提案した半蔵に、権兵衛たちは一も二も無く同意した。

矢部家の人々は全員敵としか見なさぬ二人も、かねてより笠井夫婦にだけは気を許している。その半蔵さえ間に入ってくれれば、あるいは恩讐を超えることも出来るのではないだろうか――。

そんな家臣一同の期待は、あっけなく裏切られた。

「冗談じゃないよ！　旦那の馬鹿ぁ！」

定謙を連れて来たと知ったとたん、お駒が怒って席を立ったのだ。

「待ってくれお駒、俺の話を聞くのだっ」

半蔵は懸命に引き留めた。

「お奉行が危ういのだ、おぬしたちの力を貸して差し上げてくれ！」

「知らないよ、そんなこと！」

重ねて話を持ちかけても、きつい態度は変わらない。

「何の義理があって、仇（かたき）を助けてやらなくっちゃならないんだい！」

「仇ではない、おぬしの父御（ててご）であろう！」

「あたしのお父（と）っつぁんは、こいつに斬られた夜嵐（よあらし）の鬼吉（おにきち）だ！　そのせいでおっ母さんも生きる甲斐を無くしちまったんだから、二人揃ってこいつに殺されたもおんなじなんだよっ！」

「お駒……」

半蔵は言い負かされるばかり。定謙も言葉を失っている。

寝起きの目を更に血走らせたお駒には、取り付く島など有りはしない。

この調子では、梅吉も首を縦に振るはずはなかった。

「姐（あね）さんの言うとおりだ。余計な真似をするんじゃねーよ！」

「待ってくれ、梅吉……」

「うるせーぞ、サンピン！」

怒鳴り付けざまに席を立ち、梅吉はお駒を連れて二階に駆け上がる。

こちらも父親を手にかけた、定謙のことが許せないのだ。

「申し訳ありませぬ、お奉行……」

「致し方あるまい……すべては儂がしでかしたことなのだからな……」

階下に取り残された二人は、揃って失意を隠せずにいた。

「殿……」

陰で見守る権兵衛も、悲しげに溜め息を吐くことしかできなかった。

と、障子戸に人影が映る。

「何奴！」

「なーに、怪しいもんじゃござんせん」

振り向きざまに一喝されても、その男は微塵も動じない。

気配を感じさせることなく近付き、背後を取ったのは宇野幸内。何食わぬ顔で権兵衛の横を通り過ぎ、土間に踏み入ろうとする。

「ま、待たぬかっ」

「いいから、いいから。御免なさいよ」

行く手を阻んだ権兵衛をひょいと押しのけ、幸内は土間に立つ。

「ご隠居……？」

「う、宇野幸内……」

思わぬ男の出現に、二人は動揺した声を上げる。

とりわけ定謙が驚いたのは、幸内も敵の一人と見なしていればこそ。

されど、圧倒されたままではいられない。

「うぬ、何をしに参ったか！」

語気も鋭く、定謙は怒声を浴びせる。

しかし、幸内は挑発に乗りはしなかった。

「慌てなさんな。すっかり落ち目のお前さんをどうこうしようなんて気は、もう有りゃしねぇよ」

「何だと……？」

「聞いてるぜぇ。ここんとこ、立場が危ないそうじゃねぇか」

「無礼者め、うぬの知ったことではない！」

「へっへっへっ、空意地を張るのは止めときな」

定謙の怒号に、幸内は微笑みで応じる。

頰を緩めているものの、なぜか目は笑っていない。凛とした瞳は、むしろ憐みを湛えている。

それに気付かぬ定謙ではない。

驚くより先に、覚えたのは見くびられたことへの怒り。

「おのれっ……」

「そう怒るなよ、駿河守さん」

額に青筋を立てた定謙を見返し、幸内は説き聞かせる。

「水野越前守に肩叩きをされたとなりゃ、次の南町奉行は鳥居耀蔵に決まったも同然だろうさ。用済みのお前さんは、下手ぁしたら命まで取られるかもしれねぇ……そう思ったら、何だか哀れになっちまってな」

「やかましい！　うぬの憐みなど受けぬわ！」

「そう言わずに、厄介な敵が一人減ったと思っておきなって」

「むむっ……」

憤りながらも、定謙は首を傾げずにいられなかった。

幸内は皮肉こそ浴びせてくるものの、殺気を向けて来ない。

刀も帯びておらず、腰にしているのは小脇差のみ。

これまで幸内は五郎左衛門を護るためならば、定謙を斬ることも辞さなかったはずである。

どうして今日は怒りではなく、憐みの眼差しを向けてくるのか――。

戸惑っていたのは半蔵も同じである。

なぜ、幸内は定謙の前に現れたのだろうか。

半蔵が頼んだのは五郎左衛門を説得し、定謙と和解させること。幸内自身が足を運んで会ってくれとは言っていない。

不可解な行動の理由は、当人の口から明かされた。

「すまねぇな半蔵さん。仁杉の奴ぁ、そちらさんと手を組むことなんぞ毛ほども考えちゃいねぇそうだ。鳥居の野郎が南町に無体を仕掛けて来やがったら、そのときは自力でやり合うから構わねぇでくれとさ」

「何……」

「まことか、ご隠居」

絶句した定謙に代わって、半蔵が問い返す。

はそちらさんで勝手にやってくんな」

「あいつが腹を括ったとなりゃ、俺はとことん付き合うだけさね。まぁ、そちらさん
微笑み交じりに幸内は答える。

「ああ」

「そう伝えよと、仁杉めが言うたのか……?」

「いーや。あいつはそこまで嫌みじゃねぇさ。今のは俺の存念よ」

震える声で問い返す定謙に、幸内はにやりと笑いかける。

重ね重ね無礼なことだが、半蔵は咎められない。

五郎左衛門の思いがけない決断に、定謙に劣らず落胆していたのだ。

(味方は宇野殿だけで十分。お奉行は無用ということか……)

見込みの甘さを悔いると同時に、無力感も募らせずにはいられなかった。

されど、落ち込んでばかりでは何も始まるまい。

お駒と梅吉も頼れぬ以上、定謙を助けることが出来るのは自分のみ。

すっと半蔵は前に出た。

「ご口上はしかと承った……今日のところはお引き取り願おうか、宇野殿」

ご隠居と呼ばなかったのは、宣戦布告と思えばこそ。

「どうしたお前さん、ちょいと面つきが変わったじゃねぇか」

しかし、もはや半蔵は動じない。

「軽口をたたくのはいい加減になされよ。貴公の品が下がるぞ」

「そんなことを気にしてちゃ、町方の御用なんぞは務まらねぇんだよ」

「埒も無い……今は隠居なのであろう？」

「へっ、こいつぁ一本取られたな」

幸内は苦笑した。

「分かったよ。今日のところは裏口から失礼しようかね」

「なぜ裏口なのだ」

「仕方ねぇだろう。あちらさんが殺気立っていなさるからさ」

ちらりと見やった視線の先では、お供の面々が揃いも揃って怒りの形相。

立ち尽くしたまま動けない定謙の姿を衆目(しゅうもく)に晒(さら)さぬため、障子戸を閉めた上で人垣を作っている。

二本差しの供侍と足軽は言うに及ばず、後ろ腰に短い木刀を差しただけの陸尺と中間まで、今にも幸内に挑みかかりそうな勢いだった。

手練の幸内がその気になれば、蹴散らすのは容易いはずだ。

にも拘わらず相手にしなかったのは、定謙と敵対するのは止めると、自ら宣言したからだった。

「おお、怖い怖い」

わざとらしく一言残し、踵を返す。

勝手口から出て行く後ろ姿を、半蔵は無言で見送った。

宇野幸内、侮れぬ男である。

さんざん無礼を働いたのは半蔵を煽り立て、定謙のために立ち上がらせるためだったのか――。

五

決意を固めた半蔵は、弱気な定謙を励ました。

「かくなる上は致し方ありますまい。鳥居の出方を探り、先手を打ちましょう」

「かたじけない、笠井……」

「お任せくだされ」

うなずく半蔵に不安は無かった。

影御用で鳴らした腕は、まだ衰えてはいない。

亡き祖父の村垣定行（さだゆき）から、半蔵は忍術を授けられていた。

村垣家は八代将軍の吉宗公が組織させた、御庭番十七家の一族だ。

探索御用に従事する身から勘定奉行にまで出世を果たした定行は、若き日には腕利きの忍びとして知られた男。その教えを受けた半蔵の腕前は、将軍の警固（けいご）役として小十人組で働く、腹違いの弟――範正（のりまさ）の上を行く。

誰に行く手を阻まれようとも、退く気はなかった。

耀蔵の配下で最も腕が立つ三村兄弟にも、今や負ける気がしない。

閉口したのはお駒と梅吉を怒らせてしまったことが災いし、これまで影御用のたびに黒装束に着替えたり、腹ごしらえをさせてもらっていた『笹のや』の二階部屋が使えなくなった問題である。

駿河台の自宅で着替えをするわけにはいかなかった。

影御用を止めたと思っている佐和に見付かれば、何を言われるか分かったものではないからだ。

愛する妻に、余計な心配はかけたくない。

されど、迂闊な場所で着替えはできかねる。

耀蔵が江戸市中のあちこちに放っているはずの密偵に目撃され、半蔵が定謙のために動き出したと露見すれば、元も子もなくなってしまう。

悩む半蔵に手を差し伸べてくれたのは、金井権兵衛だった。

「儂の御長屋を使うてくれ。気を遣うには及ばぬぞ」

「構わぬのか。貴公にはご妻女がおられるのだろう」

「案じるには及ばぬ。佐和殿と違うて見てくれはまずいが、口は堅い女よ。それに中間に暇を遣ったばかりでな、折よく玄関脇の小部屋が空いておるのだ」

そう言って提供してくれたのは、掃除の行き届いた御長屋の三畳間。

長屋はすべて、一間きりというわけではない。

武家屋敷の敷地内に建つ、家来とその家族を住まわせる物件には複数の部屋があり、奉公人を寝起きさせるための小部屋まで付いている。

住むには少々狭いが、着替えの場所としては申し分のない広さであった。

「恩に着るぞ、金井殿」

お駒から突っ返された黒装束の包みを置いて、半蔵は感謝の笑みを返す。

二人とも、今日の勤めを終えた後。

すでに日は暮れていた。

権兵衛が行灯をともしてくれたので、部屋の中は明るい。

「後で衣桁を持って参ろう。行李は一つで足りるかの？」

「かたじけない」

「水くさいことを申すでない、半蔵殿」

答える権兵衛は上機嫌。

半蔵を手伝うことは、定謙のためにもなる。

敬愛する主君の役に立つのが、よほど嬉しいのだろう。

（まこと、忠義な御仁よ）

感心しつつ、半蔵は腰を上げる。

「どうした、もう着替えるのか？」

「秋の日はつるべ落としだ。もう暗い故、夜陰に紛れるに障りはあるまい」

「待たれよ、半蔵殿」

権兵衛が慌てた声で言った。

「こちらの支度がまだ整うておらぬ。すまぬが少々待ってくれ」

「お構い召さるな。腹ごしらえは屋台の蕎麦で済ませて参った故」

半蔵がそう答えたのは、夜食の心配をされたと思ったため。

ところが、権兵衛は予期せぬ一言を返してきた。

「いや、支度と申したのは、儂の身支度のことだ」

「は?」

「貴公の探索を手伝わせていただこう」

「本気で言うておるのか、金井殿?」

「儂はもとより、そのつもりぞ」

答える口調に迷いは無い。

権兵衛は使い勝手のいい一室を提供したばかりでなく、探索にまで協力を申し出てくれたのだ。

それは内与力としてではなく、定謙の家臣一同を代表しての行動だった。

「任せておけ。これでも昔は火盗改で鳴らした身なのだ」

「されど……」

視線を返す半蔵の顔は疑わしげ。

協力してくれるのは有難いが、人がいいばかりの中年男に何ができるのか――あまり期待すべきではないだろう。

「何じゃその目は。儂の腕前を疑うておるのか？」

「い、いや……」

「ふん、隠し立てしても無駄だぞ」

権兵衛は唇を尖らせた。

「たしかに剣の腕はおぬしの域に及ばぬが、七方出はちょっとしたものなのだぞ。知らなんだであろう」

「七方出とな？」

「ふふっ、気になり始めたらしいの」

驚く半蔵に、権兵衛は胸を張って見せた。

「奥で支度をして参る……くつろいでいてくれ」

そう言い置き、廊下に出る。

権兵衛が向かった先は、奥にある夫婦の居間。

「花代(はなよ)、花代！　どこに居(お)るのだ！」

「何ですか、お前さま。まだ洗い物がございますのに……」

手を拭きながら現れたのは、ずんぐりむっくりした大年増(おおどしま)。

花代、四十歳。

もともと矢部家に奉公していた女中で、権兵衛とは同い年である。

狭い廊下で立ったまま、中年夫婦は声を低めて言葉を交わす。

「殿の御用なのだ。早(はよ)う支度をせい」

「あれをなさるのですか、お前さま」

「左様、あれだ」

「危のうございまする。お前さまも、もう若(わこ)うないのですよ？」

「これ、余計なことを申すでない。あちらに聞こえておらぬからいいが、左様な物言いをいたさば半蔵殿が不安になるばかりぞ」

「お前さま、あのお方と張り合うご所存ですね」

「な、何を申すか」

「お顔を見れば分かります。笠井様はお殿さまのお気に入り……ここぞとばかりに巻き返すおつもりなのでありましょう？」

「うーむ、そなたの目はごまかせぬか……。ああ、そのとおりぞ」

「やっぱり、そうでしたか」

「いかんのか、花代」

「いい加減になされませ。お前さまも不惑のお歳……つまらぬ意地を張って無理をしてはいけませぬ」

「黙り居れ。これは男の意地というものだ」

「男の意地……にございまするか」

「儂にも秀でたところがあると、半蔵殿に知らしめるのだ」

「それで七方出なのですか」

「左様。これまでつぶさに見て参ったが、さすがの半蔵殿も変装の術まで心得てはおらぬ様子。儂が先を行っておるのは、間違いあるまい」

「たしかに、お前さまの七方出は大したものにございます」

「ふっふっ、さもあろう。はっはっはっ」

「油断大敵ですよ。笑い声も大きゅうございまする」

「……すまぬ」

「お前さまは調子に乗るのがお若い頃から玉に瑕。お気を付けなされませ」

そんな夫婦のやり取りは、先程から半蔵に筒抜けだった。

どうやら花代は出来た妻女らしいが、会話が丸聞こえになっていることには夫ともども気付いていないようである。

忍びの修行で鍛え上げた、半蔵の耳は敏い。

よほど壁の厚い部屋に居ては難しいが、襖一枚隔てただけの廊下でどんなに声を低めたところで、無駄なことだ。

それにしても、権兵衛の技はどれほどのものなのか。七方出は、戦国の乱世に用いられた変装術。

常の姿である武士の装いを基本とした上で行商人や山伏など、諸国を行脚していても怪しまれぬ者に化けて、敵の領内に潜入するのである。

権兵衛の場合、そこまで本格ではないだろう。せいぜい装いを変えたり、声色を使う程度のはず。それだけでも、見るからに不器用な権兵衛がやってのけたら大したものだ。

（さて、どこまで出来るものやら……）

期待半分で半蔵は待つ。

手持ち無沙汰を紛らすために黒装束のほころびを繕い、刃引き（はび）の手入れをしているうちに、四半刻ほど経った。

部屋の中は明るいものの、徐々に冷えつつある。

晩秋ともなれば、昼夜の寒暖の差は大きい。

とりわけ今宵は寒そうだった。

（ううむ、温石（おんじゃく）を用意してもろうたほうがよいかもしれぬな）

そんなことを思っていると、襖が開く。

入ってきたのは花代だった。

「笠井様、お体を冷やさぬ備えにお持ちなさいまし」

「これはご妻女、かたじけない」

半蔵はぺこりと頭を下げた。

定謙が南町奉行になる以前から矢部家に出入りしていた半蔵は、以前にも顔を合わせた覚えがある。

声の響きから察しが付いたが、花代は前に見かけたときより肥えていた。この世代には珍しいことではないし、ふくよかな女人は好もしい。

と、半蔵の顔が強張る。

懐紙にくるんで渡された温石が熱すぎたわけではない。

触れた手がごつごつしており、指も節くれ立っていたのだ。

「金井殿……にござるか」

「はははは、ようやく気付いてくれたらしいの」

高笑いをする声は、紛うことなく権兵衛である。

だが、姿は古女房の花代そのもの。

女人にしては身の丈がやや高めであり、夫とあまり変わらないとはいえ体型を似せるのは難しいはず。

「あー、久方ぶりの女装は肩が凝るのう……」

本物らしく紅白粉(べにおしろい)を薄く塗った顔に苦笑を浮かべつつ、権兵衛は帯を解く。

露わになったのは有り合わせの座布団などではなく、体型を補整するために綿をさらしでくるみ、形を整えて縫い上げた肉布団。

ふくらみの目立つ腹だけではなく、胸や腰にも当てている。うっかりして抜け落ちることのないように細い紐で縛り付け、きっちり固定してあった。

ここまで別人になりおおせるとは、役者顔負けの出来栄えである。

「どうだ、恐れ入ったかの?」

「お見それいたした、金井殿」

半蔵は素直に降参した。

「ははは、分かればよい、よい。左様にいたして張り込まば、誰も火盗改の与力と気付かず、楽々と騙(だま)しおおせる故な……捕物上手の同心どもも、この儂には敵(かな)わなんだものよ」

思わぬ特技を披露した権兵衛は、すっかり上機嫌。

微笑む半蔵の表情も明るい。

こたびの影御用は、上つ方にいいように使われるのとは違う。

ひとかどの男と見込んだ定謙のために力を尽くすのに、主君を敬愛する権兵衛はこの上ない相棒。そう思えば、自ずと安心できるというものだった。

第四章　忍び寄る危機

一

　晩秋の西日を照り返し、大手御門がそびえ立つ。

　下勘定所があるのは、門を潜ってすぐ右手。

　職場にいるときの半蔵は裃姿。今日も肩衣と半袴に身を固め、用部屋で一心に算盤を弾いていた。

　パチパチパチ、パチパチパチ……。

　見違えるほど、仕事が早い。

　算盤の珠を上げ下げする指使いも、弾き出した値を書き留めていく筆の運びも迅速そのもの。机を並べる同役の者たちに負けていない。

半蔵は笠井家に婿入りし、勘定所に出仕し始めて今年で十年。

勤務する態度こそ新入りの頃から一貫して真面目なものの要領が悪く、算盤を弾くのも書類を作るのも、話にならないほど遅かった。

だが近頃は何をするにも別人の如く、機敏にして正確だった。

計算を終えた半蔵は、すっと立ち上がる。

広い用部屋には一人用の文机（ふづくえ）がずらりと並び、パチパチ算盤を弾く音が絶えず廊下にまで聞こえていた。

半蔵が書類を見せに行った相手は、上役の組頭。常の如く用部屋の上座に机を据え、怠ける者はいないかと目を光らせていた。

「お検（あらた）め願いまする、組頭様」

「えっ？　もう仕上がったのか、笠井？」

「こちらにございまする」

驚く上役に、半蔵は墨痕（ぼっこん）も鮮やかな書類を差し出す。

「速かったのう……うむ、うむ……字も上手（うも）うなったなぁ」

「恐れ入りまする」

組頭に褒められ、半蔵は慇懃に頭を下げる。

「手直しいたさずともよろしゅうございますか」

「うむ。大儀であったの」

「ははっ」

重ねて一礼すると、半蔵は自分の席に戻っていく。

再び机に向かって背筋を伸ばし、速やかに算盤を弾き始める。

（笠井め、やるのう……）

首を伸ばして見守りながら、初老の組頭は感心していた。

この半年ほどの間に、半蔵の仕事ぶりは目に見えて向上していた。

武州から戻ってからは、殊の外に目ざましい。

ここ数日は腹を下して早退することも無く、休憩するのは中食のときのみ。

もともと煙草は吸わない質だが近頃は茶も飲まず、執務中に小用に立つことは一日に一度あるかないかだった。

（あの昼行灯が、よくここまで変わったものよ。折を見てお奉行に申し上げねばなるまい……）

胸の内でつぶやく組頭は、半蔵と奉行の裏のつながりを知らない。

いつも好々爺然としている梶野良材が裏で鳥居燿蔵と結託し、矢部定謙を南町奉行の職に一旦就かせた上で失脚させる、陰謀の手先に半蔵を騙して使っていたことも、定謙の男気に惚れ込んだ半蔵が良材に反抗し、武州での一件を境にして影御用を拒んでいることも、まったく知らずにいた。

「さーて、一服つけるといたすか」

組頭は煙草入れを片手に、いそいそと廊下に出ていく。

一方の半蔵は脇目も振らず、新たな書類作りに取りかかっていた。

パチパチパチ……。

珠を上げ下げする指が、目まぐるしく動く。

実のところは、眠くて仕方がなかった。

権兵衛と共に新たな探索を始めて、今日で五日。

毎晩遅くまで行動していれば、疲れがたまっていても無理はない。

それでも昼間の勤めの手を抜かず、むしろ懸命になっているのは、半蔵なりに考えるところがあればこそだった。

パチパチ……。

菱形の珠がぶつかり合い、規則正しく音を立てる。

眠くて突っ伏しそうになるのに耐えつつ、半蔵は机に向かい続けた。

これからも良材の命じてくる影御用を拒み、ふつうの平勘定として働ける場を維持するためには、剣術の他にも能が有ることを証明しなくてはなるまい。

勘定所勤めに必要なのは、言うまでもなく算盤の才。

半蔵には本来備わっておらず、見合いで佐和に一目惚れして笠井家への婿入りなど望まなければ一生涯、誰からも求められなかったであろう能力だ。

毎日毎日、好きこのんで励んでいるのとは違う。

だが勘定所に身を置く限り、手を抜く余裕など有りはしない。

算盤を置き、求めた値を書き付ける、筆の運びは力強い。

背筋を伸ばした姿勢も、堂々としていた。

つい先頃まではいつも背中を丸め、六尺近い巨軀(きょく)が出来るだけ目立たぬように振る舞っていたのが、変われば変わるものである。

仕上がった書類を手に、半蔵は再び立ち上がる。

組頭の姿は見当たらない。

半蔵が集中していて気付かぬうちに、席を立ったらしい。

例によって、一服つけに行ったのだろう。

とりあえず、書類は机の上に置いておく。

内容は、後で確認してもらえばいい。

今日の仕事は、これで終わり。定時にはまだ間があるが、割り当てられた作業をこなしたのだから、少し早めに帰っても構うまい。

組頭が戻ったら許可を得て、退出させてもらうとしよう。

ホッとしたとたん、半蔵は尿意を覚えた。

組頭が戻る前に用を足しておこうと、廊下に出る。

と、そこに組頭が駆けてきた。

「待て待て、笠井っ……」

「組頭様？」

「お、お奉行がお呼びじゃ……」

「まことですか？」

「早う奥に参れ……おぬしにお話があるそうだ……」

はぁはぁ息を継ぎながら、組頭は言った。

吐く息が煙草臭く、手にした煙管入れは蓋が開いたまま。

のんびり一服しているところに呼び出しを受け、慌てて駆け付けたのだ。

組頭も気の毒だが、これから探索に出向かねばならぬ半蔵も難儀である。

しかし、奉行の呼び出しを拒むわけにはいかない。

無視を決め込めば、組頭にまで迷惑がかかってしまう。

「されば、早々に参りまする」

息を整える組頭に一礼し、半蔵は歩き出す。

定謙のために働くと決めたからには、何を言われても動じまい。

そう心に決めていた。

二

下城したばかりの梶野良材は、裃姿のままで待っていた。玄関から私室のある奥へ移動する途中で組頭に声を掛け、半蔵を呼び出させたのである。

「お呼び出しにより、参上つかまつりました」

「うむ、うむ。大儀であったな」

敷居際で一礼する半蔵に、白髪頭の良材は鷹揚にうなずき返す。

梶野良材は当年六十九歳。

来年は七十になるとは思えぬ、溌剌とした老人である。

やや太り肉の体格は貫禄十分で、表情も明るい。

半蔵が障子を閉めても、態度は変わらなかった。

「苦しゅうない。さぁ、楽にせい」

「恐れ入りまする」

膝を崩せと勧められても、半蔵は正座したままでいた。

良材は油断のできない相手である。

腹の底をなかなか見せず、このところ再三に亘(わた)って影御用の密命を拒んでいるというのに、無理強いをせずにいた。

怒りの赴くままに怒鳴り付けてくれたほうが、こちらも扱いやすい。

だが、良材の態度は老獪(ろうかい)そのもの。

「水くさいのう。遠慮をいたすな」

「いえ、滅相もありませぬ」

「左様か……まぁ、好きにいたせ」

膝を崩そうとしない半蔵に微笑(ほほえ)み返し、脇息(きょうそく)にもたれかかる。

相手が目下でも、話をするときは後ろに置くのが作法のはず。

無礼な振る舞いだが、そんなことはどうでもいい。

半蔵が腹立たしいのは、これまで都合よく使われていたことである。

これからは、思いどおりにさせはしない。

人が変わったように勘定所勤めに励んでいるのも、そのためだ。

良材がそのことに触れてきた。

「今し方、そのほうの組頭に聞いたぞ。御用熱心だそうだの」

「は……」

「感心、感心。結構なことじゃ……ほっほっほっ」

好々爺らしく笑う様を、半蔵は無言で見やる。

と、良材が表情を引き締めた。

「こちらの用も今少し、熱を入れてほしいのだが」

「申し訳ありませぬ」

「まことに相済まぬと思うておるのか」

問いかける口調は厳しい。

「は」

答える半蔵は淡々としていた。

白けていても、顔には出さない。

以前のように、すぐに表情を読まれてしまってはなるまい。

良材は続けて問うてきた。

「そのほうの望みは何じゃ、笠井」

「望み……にございますか」

「平たく申さば、見返りよ」

「……………」

「金か出世か、どちらが欲しい？」

半蔵は答えない。

どっちもお断りである。

笠井家の婿として、代々の職さえ全うできればいい。

それに、この場で駆け引きをするつもりもなかった。

毎日手を抜くことなく算盤を弾くのは、良材に付け入る隙を与えぬため。

役目にふさわしい働きを示さなくては、立場が危うくなってしまう。

このところ、半蔵は常に危機感を抱いていた。

影御用を拒んだために、勘定所勤めまで辞めさせられては元も子もない。

ならば一役人として周囲の評価を勝ち取り、生き残りを図ればいい。

そう考えて、毎日の算盤勘定に必死で取り組んでいる。

不器用でも真面目にやっていれば、これまでは大目に見てもらえた。

幕府の役人、とりわけ末端の小役人は、親から子へ代々受け継がれる世襲制が基本だからである。

笠井家は微禄ながら三河以来の旗本で、戦国の昔から勘定衆として徳川のために働いてきた一族。婿入りした半蔵は、隠居するまで職を保障されている。出来の悪い婿だと世間から陰口を叩かれ、無能ぶりを佐和に叱り付けられるのに耐えさえすれば一生涯、食いっぱぐれはないはずだった。

しかし、今後はそうはいくまい。

半蔵は良材に弱みを握られている。影御用と称する企みに手を貸し、これまでに日払いで少なからぬ額の報酬まで受け取ってしまったからだ。

黙り込んだ半蔵に、良材はそのことを突っ込んできた。

「やはり、日に一分では少なすぎたな……儂も少々吝かったと思うておる。そのほうがやる気を失うたのも、無理はあるまい」

報酬を増やしてやるから、命じるとおりに動け。良材はそう言いたいらしい。

出すものさえ出せば、どうにでもなると思っているのだ。

上つ方の考えそうなことである。

そんな浅はかな考えにも、半蔵は腹が立っていた。

武州での一件をネタに脅しをかけ、詫び料をせしめたのは別の問題。佐和まで影御用に巻き込んだ良材の卑劣さに怒ったからであり、手切れ金を兼ねたものと半蔵は理解していた。

これ以上は、一文も欲しくない。

受け取る気が無いのだから、金の話などされても無駄なことだ。

黙り込んだままでいる半蔵を見て、良材もようやく察した様子。

「そのほう、もはや何を言うても動かぬ所存だな？」

「…………」

「ふっ、いい覚悟だ」

甘言が通じなければ、脅してやればいい。

これも浅はかな考えと言えよう。

奉行の威光が誰にでも通用すると思われては困る。

「お奉行こそ、お覚悟なされたほうがよろしいのではありませぬか」

「何と申すか、そのほう？」

「畏れながらと拙者が評定所に訴え出れば、お立場が危うくなりますぞ」

「むむ……」

「下手をいたさば御役御免は言うに及ばず、お腹を召されることになりましょう……それでもよろしゅうござるか」

「だ、黙り居れっ」

良材は声を荒らげた。

笑みを浮かべている余裕など、もはや無かった。

動揺を覚えたのも無理はない。

勘定奉行が目付と結託し、南町奉行の首を挿げ替える企みに配下を使っていたと発覚すれば、良材とて無事では済むまい。互いに弱みを握り合っていると承知していればこそ、半蔵も強気に出られるのだ。

とはいえ、開き直りすぎては逆効果。

やるべきことをやっておかないと、立場が危うくなる。

剣しか能が無くては、いずれ足元をすくわれる。

勘定所勤めを辞める羽目になっては、佐和に向ける顔が無い。

半蔵は左様に心がけ、日々の御用に励んでいる。

そのことは、良材も認めざるを得なかった。

（甘く見すぎておったわい……）

いつまでも剣の腕しか取り得の無い、使い勝手のいい手駒と思っていては逆に足元をすくわれかねない。

気付かぬうちに、半蔵は勘定衆としても一人前となりつつあった。

幕府の財政と経理を担う、勘定奉行の配下は百六十名。

江戸城中の本丸御殿に置かれた上勘定所（御殿勘定所）に五十名、城の御濠につながる道三堀の辰之口に置かれた評定所に三十名。そして、この下勘定所には八十名が詰めている。

彼らの中で、かつての半蔵は最も目立たぬ存在だった。

昼行灯と呼ばれるほどに、薄ぼんやりと過ごしていた。

それが近頃は組頭も認めるほど、算盤勘定が上達してきたらしい。呼び出しをかけたときにも組頭は慌てふためき、笠井に落ち度があったのならば、自分からもお詫び申し上げまするとロにしたものだった。

同僚が大して努力をしていないことも、半蔵の上達ぶりが目立ち、組頭の覚えがめでたい理由と言えよう。

勘定所勤めをするのは、もともと算盤の才に長けた者たちだ。

算盤の腕前はいずれも半蔵の上を行っており、目立つほど励まなくても日々の御用など勤まってしまう。

難なくこなせる仕事に、人は努力をしないものだ。

俸給が変動することのない立場となれば、尚のことであろう。

どのみち大した出世はできないのだから、決められた役目だけこなしていればそれでいい。日常が平々凡々としていて、代わり映えしない代わりに、波乱とは無縁に生きられる——。

そんな小役人の特権に、もはや半蔵は甘えていられない。

影御用と関わりを持ってしまったからだ。

抜き差しのならない現状を、半蔵は前向きに捉えていた。

「かたじけのう存じまする、お奉行」

「何……」

良材は驚いた。

恨み言を並べ立てられるかと思いきや、半蔵が口にしたのは感謝の言葉。

「お奉行に見出していただかねば、拙者は昼行灯のまま齢（よわい）を重ねておったことでありましょう。重ねて御礼申し上げまする」

「む……」

「本日の御用は滞りのう済ませました故、これにて失礼つかまつりまする」

絶句した良材をそのままに、半蔵は席を立つ。

告げたのは、単なる嫌みではない。

影御用に巻き込まれなければ、勘定所勤めに励むことは無かっただろう。

苦手な算盤を毎日弾くばかりでやり甲斐も何もなく、屋敷に帰れば佐和に責められるばかりの日常に嫌気が差していた半蔵にとって、得意な剣の腕を振るう機を得たのは、最初はこの上ない喜びだった。

しかし、気付いてみれば何のことは無い。

半蔵は利用されていただけなのだ。配下で腕がそこそこ立ち、用済みになれば使い捨てにしても構わぬ手駒を探していた良材にたまたま見出され、上手いこと乗せられてしまったにすぎないのだ。

しかも、良材は定謙のことまで騙していた。

左遷続きで不遇な定謙に近付き、南町奉行の職に就けるように手を貸したのは早々に失脚するのを見越していればこそ。

そんな企みが暗礁に乗り上げたのは、半蔵と定謙が予想を超えた行動を取ったからである。

定謙をひとかどの男と見込んだ半蔵は良材の命令を無視して合力し始め、定謙も期待に応え、名奉行になろうと力を尽くした。

無理のある幕政改革を断行し、行き過ぎた倹約を強いる忠邦に反発し、北町の遠山景元ともども、庶民の暮らしを支える立場に廻ってくれたのだ。

今や忠邦は怒り心頭。一刻も早く定謙を南町奉行の座から退かせ、懐刀の耀蔵を後釜に据えようと目論んでいるという。

上つ方だからといって、勝手なことばかりさせてはなるまい。

ひとかどの男と見込んだ以上、最後まで定謙を盛り上げたい。

半蔵の決意は揺るぎなかった。

三

下勘定所を後にして、半蔵が向かった先は南町奉行所。

今や門前でいちいち詮索されることはない。

「これはこれは笠井様、ささ、お通りくだされ」

半蔵の顔を見るなり、門番頭は早々に潜り戸を開けてくれた。

「うむ、かたじけない」

半蔵は何食わぬ顔で、門の中に入っていく。

出入りするたびに半蔵が足止めをされないように、権兵衛はあらかじめ門番衆を上手いこと言いくるめていた。

笠井半蔵は仲の良い友人であり、お互い碁に凝り始めたので、当分の間は毎晩勝負をしにやって来る。くれぐれも礼を失することなく通すように――。

そんな指示を受けた門番衆は、もはや毛ほども疑っていない。

悠々と門を潜り、半蔵が足を向けるは権兵衛の御長屋。

いち早く権兵衛は内与力の御用を終え、先に身支度を始めていた。

「ちょうど白粉を塗っておりますもので……お出迎えもせずにすみません」

「お気遣いは無用にござる。こちらこそ、迷惑をかけてしもうて相済まぬ」

恐縮する花代に会釈し、半蔵は玄関脇の三畳間に入る。

中には衣桁と行李が運び込まれ、支度部屋らしく整っていた。

まずは着替えである。

肩衣と半袴、熨斗目の着物、長襦袢と順番に脱いでいき、皺を伸ばして衣桁に掛ける。花代が火鉢を焚いてくれていたので、下帯一本になっても寒くは無い。

行李の蓋を開け、取り出したのは忍びの装い。

半襦袢を着けて股引を穿き、黒装束に身を固める。

大小の二刀に替えて手にしたのは、黒鞘入りの刃引き。

探索を始めて、今日で五日目。

幸いにも、まだ抜く必要に迫られてはいなかった。

いつ必要になるか分からぬ以上、万が一の備えは欠かせない。

手入れは昨夜遅くに戻ったとき、抜かりなく済ませてあった。

支度が終わったのを見計らったかの如く、権兵衛が声をかけてくる。

「よろしゅうござるか、笠井殿」

「うむ」

半蔵は手を伸ばして障子を開ける。

廊下に立つ権兵衛は、今日も女装に隙が無かった。

「成る程……夜鷹にござるか」

「ははは、なかなかのものでござろう？」

紅白粉を分厚く塗り込めた顔で、権兵衛は微笑む。

後は日が暮れるのを待って、裏口から抜け出すだけだ。

「妻が茶漬けの用意をしておる故、腹ごしらえなされよ」

「かたじけない」

刃引きを提げ、半蔵は部屋を出る。今日も帰りは遅くなりそうだった。

晩秋の夜が更けてゆく。

今宵も『笹のや』は繁盛していた。

「はーい、お待たせ」

常の如く、お駒の客あしらいはお愛想一杯。

「おお、すまねぇなぁ」

煮しめの小鉢を受け取り、いかつい人足は満面の笑み。

梅吉のこしらえる料理も、足を運びたくなる理由だった。

得意の煮しめは、毎日欠かさず供する名物料理。

里いもと厚あげ、竹の子と莢隠元、大根に椎茸などを大ぶりの鉄鍋で煮て一晩置き、じっくり味を染み込ませる。冬場には、食べごろのかぼちゃも入れる。

出汁は昆布と削りがつお。具の干し椎茸からも、いい味が出ていた。

「美味えなぁ」

人足は嬉しげに箸を動かす。

えらの張った顎を上下させ、竹の子をしゃくしゃく嚙む。

食べっぷりの良さに、周りの客も思わず釣られた。

「おーい女将さん、俺にも煮しめをくんな」

「こっちも頼むぜぇ」

「はーい！」

お駒も梅吉も大忙し。一息つく暇も無かった。

半蔵と権兵衛が二人きりで探索を始めたことなど、知るはずもない。

そんな『笹のや』の縄暖簾（なわのれん）が、サッと割れる。

入ってきたのは、頭巾を着けた武家女。

口元を隠していても、類い稀（たぐいまれ）な美女と察しが付く。

「おい、見ろよ……」

「大した別嬪（べっぴん）さんじゃねぇかい」

「たまんねぇな。どこの御新造さんだろうなぁ……」

居並ぶ男たちが、たちまち色めきだつ。

飛び交う言葉と視線に構わず、女は板場に向かっていく。

先に気付いたのは梅吉だった。

「あっ……」

目を見開いたまま、動けなくなる。

「どうしたのさ、梅」

酒の燗をしていたお駒が、怪訝(けげん)そうに顔を上げる。

とたんに女と目が合った。

「お、奥方様……」

「久しぶりですね」

絶句した二人に、頭巾を取った女——佐和は静かに語りかける。

「貴方がたにお話があります。お店が引けるまで、待たせてくだされ」

「お話って、何ですかい」

「今は申せませぬ。ご商売の邪魔にもなりましょう」

梅吉に答える顔は無表情。

淡々と振る舞っていればこそ、持ち前の美貌も際立っていた。

周りの男たちは見惚(みと)れていればいいが、お駒と梅吉は困り顔。

とはいえ、追い返すわけにもいかない。

「と、とりあえず二階(うえ)でお待ちくだせえ」

「されば、失礼をいたします」

二人に向かってうなずき返し、佐和は階段を上っていく。

突然の訪問に踏み切ったのは、業を煮やした末のことであった。

このところ、半蔵の帰りが遅い。

佐和とて一日や二日なら、午前様になったところで目くじらを立てはしない。

半蔵が日々の御用に励んでいることは同僚の間でも評判となり、すでに佐和の耳にも噂が入っていた。

家付き娘の佐和にしてみれば、喜ばしい話である。

表の御用に精勤すれば、自ずと組頭の覚えも目出度くなるはず。呑みに誘われもするであろうし、仕事の上の付き合いが拡がるのはいいことだ。

しかし、五日続けて帰りが遅いとは尋常ではない。

半蔵は決まって深夜に帰宅し、出仕ぎりぎりの刻限まで眠り込んでいる。朝になって問い質してものらりくらりと言い逃れ、答えようとはしなかった。

もしや、よからぬ真似をしているのではあるまいか——。

佐和が疑念を抱いたのも、無理はなかった。

武州での一件を機に半蔵は影御用を拒み、良材が下す密命に今は従っていないはずである。

では何のために、夜遅くまで表で過ごさねばならぬのか。

まさか、お駒と浮気をしているのではあるまいか。

考えたくないことだが、有り得ぬ話ではなかった。

かねてより、お駒は半蔵に想いを寄せている。

兄を慕う妹のような感情なのは分かっていたが、そこは男と女。憧れが愛情に変わることが皆無とは言えまい。

今やお駒は佐和にとっても、妹のように思える存在。

出来ることなら疑いたくもなかったが、放っても置けない。

そんな焦りの赴くままに、佐和は夜間の外出に及んだのだ。

階段を上っていく、足の運びは重々しい。

見送る客たちは、もはや鼻の下を伸ばしていなかった。

ただならぬ雰囲気を漂わせていることは、酔っていても察しが付く。

事情が分からぬまでも、何か起こりそうなのは分かる。

「おい、行こうぜ……」

「そうだなぁ、河岸を変えるとしようか……」

二人連れの人足が、そそくさと銭を置いて出て行った。

他の客も我先に続く。

四半刻と経たぬうちに、客は一人もいなくなった。

「どうしよう、梅」

「来ちまったもんはしょうがねぇでしょう……どうにか宥めて、お帰り願うしかありやせんよ」

「ったく、仕方ないねぇ」

ぶつくさ言いながら、お駒は前掛けを外す。

梅吉も鉢巻きを取り、先に立って階段を上っていく。

平静を装っていても、梅吉の胸の内は不安で一杯。

佐和が厄介な手合いなのは、もとより承知の上である。

それにしても、何を怒っているのだろうか。

思い当たる節は、ひとつしかなかった。

(サンピンめ……俺と姐さんに追い返されちまったもんで、今度は奥方を寄越しやがったな……くそったれ)

佐和は並の男よりも遥かに弁が立つ。お駒たちに相手にしてもらえなかった半蔵が、能弁な妻に説得を頼んだとしても、おかしくはない。

ともあれ、来てしまった以上は致し方あるまい。

誰に言われても定謙を助ける気にはなれないと主張し、帰ってもらえるようにするしかなかった。

恐る恐る二階に上った梅吉は、障子を開ける。

佐和は半蔵の支度部屋で、背筋を伸ばして座っていた。

「よろしいのですか、お二人とも？」

「お客さんはみんな帰りましたんで……」

「急に押しかけてしもうて、すみません」

「い、いいえ」

「では、お話をさせてください」

「はぁ」

「立ったままでは埒（らち）が明きませぬ。さ……」

「へい」

梅吉は恐る恐るうなずき、お駒を促す。

ぎこちなく、二人は佐和の前に座った。

「…………」

「…………」

まずは沈黙を保ち、出方を待つ。

迂闊なことを口にすれば言葉尻を捉えられ、難癖を付けられてしまうからだ。

佐和も半蔵も味方に付ければ頼もしいが、敵に回せば手強い存在。

出来ることなら、揉めたくはない。

梅吉は伏し目がちに視線を向ける。

佐和も黙り込んだままで、一言も発さずにいた。

せっかく向き合って座っていても、これでは埒が明くまい。

「奥方様……」

痺れを切らし、梅吉は問いかける。

と、佐和も口を開いた。

「宅の主人は、何時に参るのですか」

「は？」

思わぬ問いかけに、お駒は戸惑った声を上げる。

「旦那だったら、お見限りだけど……」

「まことですか」

佐和の眼差しがきつさを増した。

「私に黙って、忍び逢うておるのではありませんか？　隠し立ては貴女のためになりませんよ、お駒さん……」

「あたしが何を隠すのさ」

きょとんとした顔でお駒は答える。

「ほんとに、ここんとこ朝も夜も来ちゃいないよ。まぁ、追い返しちまったあたしらが悪いんだけど……」

「追い返したとは、どういうことです」

今度は、佐和が呆気に取られる番。

「仕方ないだろ。駿河守と仲直りしろって、旦那が無茶を言うんだもの」

「駿河守様……南のお奉行のことですね」

「そうだよ」

「貴女のお父上なのでありましょう？」

「へっ、夫婦揃って余計なことを言うんじゃないよ！」

お駒は思わずカッとなった。

半蔵ならばうろたえるだろうが、佐和は違う。

「……もう一遍、言うてみなされ」

「えっ……」

怒らせてしまったと気付いたときには、もう遅い。

「さぁ！　存分に聞いてつかわす故、今一度お言いなされ！」

「ひっ」

お駒は体を強張らせる。

その隣で、梅吉も固まっていた。

どうやら、お駒は墓穴を掘ったらしい。

浮気を疑っていただけの佐和に、余計なことまで言ってしまったのだ。

「包み隠さず、はきと申しなさい」

「勘弁してくださいよ、奥方様ぁ」

「そうですぜ、何も俺らは……」

「いーえ、そうは参りませぬ」

佐和は二人に詰め寄った。

定謙の名前を持ち出した以上、子細を明かさぬわけにはいくまい。

観念したお駒と梅吉は、一部始終を白状した。

半蔵から佐和には一切、明かしていないことばかりである。

「駿河守様のお立場は、そこまで危うくなっておられるのですか……？」

「そうらしいよ。まぁ、あたしの知ったこっちゃないけどね」

開き直ったお駒は立膝（たてひざ）となり、半ばやけくそ。

対する佐和は顔面蒼白。

「左様ですか……先だって御乗物をわざわざ停めていらしたのも、切羽詰まっておられればこそだったのですね……」

思い出したのは、日本橋まで買い物に出たときのこと。

構ってはならないと半蔵から言われ、心苦しいと思いながら挨拶（あいさつ）もしないまま別れてしまったにも拘わらず、定謙は佐和を助けてくれた。

しつこく言い寄っていた愚かな若殿とその父親に因果を含め、二度と近寄らぬようにしてくれたのだ。

不覚にも、当の佐和は今の今まで知らなかったことである。

何ということか。

恩を受けた以上、返さぬわけにはいかない。

半蔵が定謙のために動いているのであれば、自分にも手伝う義理がある——。

キッと佐和は表情を引き締めた。

「何ですか、奥方様」

お駒がおびえた声を上げる。

梅吉も庇うに庇えず、青ざめている。

すかさず佐和は畳みかけた。

「駿河守様……いえ、お父上に快うご助勢なされ、お駒さん」

「な、何を言うのさ。そんなこと、出来るはずが……」

「お黙りなされ！」

異を唱えるのを許さず、佐和は迫る。

半蔵の上を行く押しの強さに、さすがのお駒も折れるしかなかった。

四

まさかそんなことになっているとは知らぬまま、半蔵と権兵衛は耀蔵の弱みを探り出すべく、それぞれに奮闘していた。

探索を終えて合流したのは、町境の木戸が閉まる夜四つ（午後十時）の間際。

「さすがに用心深い……なかなか尻尾が摑めぬ」

「ううむ、お互いに無駄足であったらしいの……」

声を低めてぼやきながら、権兵衛は鼻水をすする。

どうやら風邪をひきかけているらしい。

無理もないことである。

耀蔵の尾行を半蔵に任せ、ずっと屋敷の門前に張り込んでいたのだ。

晩秋となれば、夜の冷え込みはキツい。

底冷えのする中で権兵衛は遅くまで粘ったものの、下谷の練塀小路の屋敷に怪しい者が出入りをしている様子は無い。

芳しい成果が得られぬのは、尾行した半蔵も同じこと。

耀蔵は今宵も、目付の職務に関わる行動しか取っていなかった。

江戸城を出て屋敷に直帰し、寄り道もしない。

先だって半蔵が弟の範正に確かめたところ、耀蔵は城中の御目付部屋で過ごす時間が長いとのことだった。

範正が属する小十人組の番所は、御目付部屋のすぐ近く。耀蔵の手足となって働く小人目付や徒目付が詰める御目付御用所は隣にあるため、自ずと動向を知るのは容易い。

御目見得以下で城の奥深くまで行けない半蔵にとっては貴重な情報だが、どのみち入り込めぬ場所では、これ以上探りようがなかった。

御目付部屋や御用所にこそ使えるネタが転がっているはずだが、忍びの術を心得た半蔵といえども、江戸城中に侵入するのは至難の業。かと言って立場のある範正に無理強いし、代わりに探索させるわけにもいかない。せいぜい大手御門前で下城するのを待ち受け、屋敷に戻るまで尾けることしか出来はしなかった。

こんなことばかりを繰り返していて、探索と言えるのか。

いっそ屋敷の中まで忍び込めば話も早いが、護りは堅い。

近付こうとするたびに、強い殺気に阻まれる。

江戸城の如く、山ほど番士が見張っているのではない。忍びの者が言うところの結界が張られていたのだ。

以前には無かったことである。

いつの間に、耀蔵は新手の護衛を雇ったのか。

いざ対決となったとき、自分の力は通用するのだろうか——。

焦りを募らせつつ、半蔵は夜道を急ぐ。

それにしても、寒い。

懐の温石がまだ暖かいのが救いだったが、半蔵だけでなく、後に続く権兵衛も盛んに鼻をすすっていた。体型の補整と保温を兼ねた肉布団を着け、襦袢を重ね着していても、連夜の張り込みは身に堪えるのだろう。

やはり、二人きりでの探索は無理があるのだ。

（お駒と梅吉が手伝うてくれれば助かるのだが……な）

そんなことを思いながら歩を進めるうちに、数寄屋橋が見えてきた。

むろん正面から入るわけにもいかないため、裏に廻る。

すると、思いがけない者たちが待っていた。

「遅いぜぇ、サンピン」

「梅吉……か？」

提灯を持たない半蔵は、夜目を凝らして前を見る。

立っていたのは梅吉とお駒、そして頭巾を被った佐和であった。

「そなた、また何故に……」

「お待ちしておりましたよ、お前さま」

じろりと向ける視線は鋭い。

続いて告げてくる口調もキツかった。

「なぜ私に隠れて事を為そうとされたのですか、水臭うございますぞ」

「す、すまぬ」

疑問を呈するより先に、詫びの言葉が出てしまう。

やはり、半蔵は佐和にだけは頭が上がらぬらしい。

そんな夫婦のやり取りを眺めつつ、お駒と梅吉はほくそ笑む。

だが、いつまでもにやにやしてはいられない。

「おぬしたち、何を笑うておるかっ」

叱り付けたのは権兵衛。

吹き流しにかぶった手ぬぐいの下から、若い二人をキッと見返す。

佐和のことも、権兵衛は容赦しなかった。

「これ、奥方も控えられい。儂と笠井殿は寒空の下、この時分まで励んでおったのだ。出し抜けに難癖を付けられる謂れは無いわ！」

「すみやせんねぇ、旦那」

先に謝ったのは梅吉だった。

「実はお頼みしてぇことがあって、お待ちしていたんでさ」

「頼みとな」

「へい……」

梅吉は言いよどむ。

と、佐和がお駒に目くばせをした。

「ええい、じれったいねぇ」

腹を括った様子で、お駒が身を乗り出す。

「駿河守に会わせておくれよ、金井の旦那！」

「おぬしたちを、殿に……か？」

「そうだよ」

お駒は勢い込んで言い放つ。

「お前さん、あたしらと駿河守を仲直りさせたいんだろ？」

喧嘩を売っているような口ぶりだったが、表情は真剣だった。

「あっしからもお願いしますよ、旦那ぁ……」

梅吉もおずおずと告げてきた。

呆気に取られたのは、半蔵と権兵衛である。

一体、どういう風の吹き回しなのか。

ともあれ、喜ばしいことに違いない。

「よし、付いて参れ」

気が変わってはまずいとばかりに、権兵衛は先に立つ。

お駒と梅吉を促したのは佐和だった。

「さ、お行きなさい」

黙ってうなずき、二人は権兵衛に続いて歩き出す。

後に残った半蔵に、そっと佐和は手を伸ばしていく。

また耳をつねるのかと思いきや、握ったのは凍えた手。

「佐和、そなた……」

「私どもも暖を取らせていただきましょう。さ……」

告げてくる口調は、先程と一転して優しい。

「う、うむ」

訳が分からぬまま、半蔵はずんずん引っ張られていく。

夫の先に立った佐和は、頭巾の下で微笑む。

半蔵が自分に知らせず、一人で定謙に恩を返そうとしていたことを怒るばかりではなく、実は感謝もしているのだ。

そんな一同を、物陰から見届けた者がいた。

だらしない着流し姿で無造作に襟巻をした、凄みを漂わせる男である。

「ふん……手を組みおったか、あやつら」

皮肉に笑ったのは三村右近。

鳥居耀蔵が南町奉行所に送り込んだ、獅子身中の虫だ。

耀蔵から命じられたのは南町を内側から侵食して、弱体化させること。

まさに、寄生虫そのものの役回りである。

卑怯な役目を、この男は嬉々としてこなしていた。

去る六月二日、同心殺しの裏で動いたのも右近である。

防げた不祥事をわざと見逃し、騒ぎを起こした佐久間伝蔵を奪った脇差で自害と見せかけて刺殺したばかりか、伝蔵に傷を負わされただけで助かるはずだった高木平次兵衛の息の根まで止めたのだ。

雇い主の耀蔵から命じられるがままに事を為す反面、右近は非道な真似をするのを楽しんでいる節もある。

今も敵である半蔵たちの行く手を阻むどころか、わざと見逃してやっていた。

耀蔵の身辺を探っていると気付いた以上、速やかに手を打つべきだろう。

にも拘わらず、ヘラヘラ笑っているだけであった。

「ふっ、面白くなりそうだの」

不気味に微笑み、ふっと右近は姿を消した。

お駒と梅吉を定謙と仲直りさせること、そして自分たちの夫婦仲のことで頭が一杯の半蔵は、不覚にも気付かぬままだった。

五

このところ、定謙は一人きりで床を取るのが常だった。

深夜の訪問に及んだ一同にしてみれば、幸いなことである。

抜き足差し足忍び足で、そーっと寝所に歩み寄る。

不覚を取ったのは権兵衛だった。

「は、はっくしょん！」

くしゃみをしたとたん、廊下を駆けてきた二人組は不寝番の内与力。

手燭の炎を向け、白塗りの顔を見ると同時に絶句する。

「金井殿、か……？」

「何としたのだ、その態(なり)は……」

「ははは、面目ない」

啞然(あぜん)とする同僚たちを、権兵衛は苦笑いでごまかそうと試みた。

「おぬしたちは忘れたかの？　その昔に火盗改を務めし折、儂は七方出(しちほうで)を得意として
おったであろう」

「それはそうだが、何もこんな時分に……」

権兵衛と同年配の一人が、なおも怪訝な顔で言おうとした。

と、そこに威厳に満ちた声。

「何をしておったか金井、遅いではないか」

立っていたのは寝間着姿の定謙。

騒ぎを穏便に鎮めるべく、自ら廊下に出てきてくれたのだ。

「何事でありますか、お奉行」

若いほうの内与力が定謙に問いかける。

「不審な物音がしたかと思えば、金井様はこの有り様。七方出がどうのこうのと訳の

分からぬことを申されて、おまけに不審な者どもが……これ、なぜ二人して顔を隠しておるのだ！」

叱り付けられたのは頭巾を被ったままの佐和、そして半蔵。

権兵衛がくしゃみをしたとたん、取り出した手ぬぐいで頬被りをしたのだ。

定謙と半蔵は表向き、手を切ったことになっている。

権兵衛と友人付き合いをしても、南町奉行のためには動かない。

こうして味方の内与力衆まで欺いておけば、獅子身中の虫である三村右近の目もごまかせるに違いない。

そんな段取りだったのに、今さら顔を見られてはまずい。

だが、若い内与力はしつこかった。

「夫婦者と見受けたが、二人して何をいたしおる？　見せられぬほど不細工な顔なのか？」

「…………」

不細工と言われたとたん、佐和の目が細くなる。

生まれたからこの方、一度として受けた覚えのない侮辱だった。

「ぶ、ぶれ……」

　無礼者。

　そう怒鳴り付けようとした刹那、半蔵は佐和の口を塞ぐ。

　気配を察したお駒と梅吉も、二人に身を寄せて盾になる。

　そこに権兵衛が割り込んだ。

「もうよかろう。こやつらは儂の手の者だ」

「手の者、にございますか？」

「かつて火盗改同心を務めし折からの付き合いよ」

「されば、差口奉公の密偵にございますか」

「そういうことだ。殿、いやお奉行のお役に立たせようと連れ参ったのだ。人目に立ってはうまくない故、この時分にさせていただいたのだ。左様でございまするな、お奉行？」

「うむ、大儀である」

　定謙は即答してくれた。

　一応納得しながらも、若い内与力は首をひねる。

「それにしても金井殿、少々若すぎるようでございますが……」

「さもあろう。その頃に使役しておった者たちの、弟やら妹だからのう」

「ははぁ、成る程」

さすがに得心したようで、内与力はうなずいた。

頃や良しと見て、定謙は場を締めた。

「そういうことだ。そのほうら、案じるには及ばぬぞ」

「ははっ」

「ご無礼をつかまつりました」

口々に言上(ごんじょう)し、二人の内与力は去っていく。

それを見送り、定謙は一同に告げる。

「何をしておる？　早う参れ」

踵(きびす)を返し、先に立って廊下を進む足の運びは堂々たるもの。

それでいて、広い背中がかすかに震えていた。

何も、裸足のままで廊下に出てきたからではない。

平静を保っているようでいて、心ノ臓の動悸は激しかった。

お駒が自分から会いにやって来るなど、かつて無いことである。
以前に店を訪れたときはつれなく追い返されたものだが、今日は違う。
先程からずっと、お駒は定謙に向けた視線を離さずにいた。
上目遣いに睨み付けられているだけだったが、無視されるよりはいい。
一同は部屋の前に着いた。
すっと権兵衛が進み出て、障子を開ける。
軽くうなずき、定謙は中に入る。
部屋の中は真っ暗だった。
最初は曲者（くせもの）が現れたと見なした定謙が、灯火を消したのだろう。
「しばしお待ちを」
権兵衛が火を熾（おこ）し始めた。
半蔵たちは下座にかしこまり、部屋が明るくなるのを待つ。
かち、かちと火打ち石が鳴り、ぽっと付け木が燃え上がる。
上座の定謙は無言のまま、四人の客に視線を巡らせる。
それぞれに向けてくる視線を受け止めた心の内は、むろん穏やかではない。

とはいえ、臆(おく)していては何も始まるまい。

定謙は先んじて口を開く。

「前置きは要らぬ。用向きを早々に申すがよい……」

「それじゃ、言わせてもらうよ」

すかさず応じたのはお駒。

佐和に横目で促されてのことだが、もはや気後れしてはいない。

お駒は若いながらも、いっぱしの女賊として鳴らした姐御。

いつまでも背中を押されるばかりでは、面目が立たない。

「お前さん、心得違いはしないでおくれな」

「心得違いとは、何か」

「決まってるだろ。金輪際、あたしが許しゃしないってことさ」

「…………」

「姐さんの言うとおりだぜ、駿河守さんよぉ」

思うところは梅吉も同じだった。

「おめーがどんだけ江戸のために働こうが、お頭と俺の親父を叩っ斬りやがった罪が消えるわけじゃねぇ。それだけは忘れるんじゃねーぜ」

「……されば何故、ここに参ったのじゃ？」

「へっ、おめーの身が危ねぇと聞いたら放っとけねぇだろ」

毒づくように梅吉は答える。

続いて、お駒も一言告げる。

「前にも言っただろう。お前さんに引導を渡すのは、あたしと梅吉だ」

「む……」

定謙は黙り込む。

その胸の内は、穏やかではない。

お駒と梅吉も、和解をしに来てくれたわけではなかった。

どこまで行っても、定謙を仇としか見なしていないのだ。

他の奴に殺されては困るから、助けてやる。

そんな言い方をされても、喜べるはずがない。

血を分けた父と娘でありながら、お駒との間に横たわる溝は依然として大きく深いままなのだ。

やはり、和解するのは至難なのか――。

定謙の表情は暗い。

と、佐和がおもむろに口を挟んだ。

「されば、和議を結ばれてはいかがでしょうか」

「和議とな？」

「はい。ひとまず矛を収め、同盟を結ばれてはいかがかと」

そう言うや、半蔵に視線を向ける。

「お前さま」

「な、何だ」

「硯箱（すずりばこ）を拝借し、墨（すみ）を磨ってくだされ」

「今やるのか」

「早うなされませ！」

すかさず佐和は一喝した。

「いつまでも和議を交わさずにおられるから遺恨を引きずり、いざというときに手を結ぶことも出来ぬのです！　尽きせぬ恩讐もございましょうが、ここは乱世の習いに従うて、目の前の敵に立ち向かいなされませっ！」

「し、承知」

慌てて半蔵はうなずいた。

権兵衛は定謙に断りを入れ、文机を抱えて半蔵の前に持ってくる。

梅吉を含めて、男たちはみんな引き攣っている。

お駒も反応は同様だった。

まるい頰を強張らせつつ、こわごわと佐和を横目で見やる。

素知らぬ顔の佐和は、何も半蔵だけを怒鳴り付けたわけではない。

面と向かって定謙に物申しては非礼なため、夫を叱ると見せかけて、言いたいことを口にしてのけたのだ。

ひとまず和睦させるのは、お駒と梅吉にとっても必要なことである。

耀蔵一党は、若い二人が半蔵の協力者なのを承知の上。このところ半蔵が距離を置いているため、以前ほど厳しく監視されてはいないだろうが、また狙われる可能性が皆無とは言えまい。

どのみち降りかかる火の粉ならば協力し合い、速やかに払うべきだ。

「まだですか、お前さま」

「今少しだ……」

「早うなされ」

墨を磨る半蔵を急かしつつ、佐和は梅吉に視線を転じた。

「梅吉さん、得物はお持ちですか」

「ああ、ここにございやす」

怪訝そうに答えつつ襟を拡げ、懐中に束ねて持った短刀を取り出す。

棒手裏剣ほどの長さと太さの短刀は、出刃打ちが得意な梅吉の武器。その腕前は本職の忍びに及ばぬまでも、凡百の侍ならば軽く蹴散らせるほどだった。

同盟を結ばせようというときに、なぜ佐和は物騒なものを出させるのか。

「斯様なことは本式にいたさねば、その気にはなれぬものです」

「はぁ」

「そのまま出しておきなさい」

「承知しやした」

訳の分からぬまま、梅吉は短刀を前に置く。

一方の定謙は心得た様子で、床の間から脇差を持ってくる。

そうこうしている間に、半蔵は墨を磨り上げた。

権兵衛が文机ごと抱え上げ、定謙のところに持っていく。

定謙は巻紙を拡げ、達筆で書き上げた二通の文書に署名をした。

花押(かおう)を入れた上で、鯉口を切る。

親指を軽く刃に押し当てたのは、血判(けっぱん)をするため。

佐和は一礼して進み出ると、定謙から巻紙を受け取った。

お駒も梅吉もひらがなはもちろん、漢字も読める。

にも拘わらず文面を読み下したのは、若い二人の味方として取った行動。夫の半蔵を差し置いて堂々と、軍師の役を果たしていた。

「……相違ありませぬ。さぁ、お名前を記しなされ」

お駒と梅吉が筆を執った。

署名をした上で短刀を握り、それぞれ血判を捺(お)す。

「なぁ、奥方様、和議ってのは、いざとなりゃ破っちまってもいいんだよな?」

血止めしながら、梅吉が佐和に問うた。

「講釈師がよく言ってるじゃねぇか。裏切り御免は乱世の習いだって」

「時代を遡れば、枚挙にいとまがないでしょうね」

「だったらよぉ、こんなもんを取り交わしたって無駄じゃねーのかい」

うそぶく口調は不敵そのもの。

武家の作法に則った儀式を行い、気が高ぶっているのだろう。武者に憧れるのは結構だが、良くない料簡を起こされては困る。

「まぁ、勇ましいこと」

黙って耳を傾けるお駒にも聞こえるように、佐和はさらりと答えた。

「梅吉さん、この世には悪の栄えた例なしとも申しますよ」

「止めてくれよ奥方様、俺ぁ何も、悪党になるつもりはねぇのだぜ」

「ならば冗談にせよ、人の道から外れた真似をするのはお止めなされ……」

「わ、分かったよぉ」

凄みを効かせて告げられるや、梅吉は首をすくめる。

かくして、和議は成った。

完全に許すまでには至らぬまでも、お駒と梅吉は定謙を助けるために働くことを約束したのである。

とたんに安堵したのは権兵衛だった。

その夜から風邪をひき、寝込んでしまったのは無理が祟ってのこと。

代わりにお駒と梅吉が加わり、探索は続けられた。

六

それにしても、耀蔵は難敵であった。

半蔵とお駒、梅吉が代わる代わる尾行して、立ち回り先や屋敷を探ってみてもまったく尻尾を出そうとしない。

策士の耀蔵は、身辺の守りを固めるのにも抜かりが無かった。

配されていたのは、金で雇った忍びくずれの一団。半蔵が屋敷内に入り込むのを阻んだのも、その三人の仕業だった。

今日も忍びたちは夜の闇に身を潜め、抜かりなく結界を張っている。

またしても、半蔵が侵入を試みたからである。

塀際に立ち、よじ登ろうとする。

殺気を向けるだけでは効かぬらしい。

そう見なすや、忍びの一人が手裏剣を抜く。

しかし、仕留めるには至らない。

放つより先に、サッと半蔵は身を翻す。

迫る危険を未然に察知し、難を逃れたのだ。

佐和が近くにいれば気圧(けお)されて勘も鈍るが、単独ならば半蔵は機敏そのもの。

軽やかな体さばきも、本職の忍びの者が舌を巻くほどだった。


夜が明けてからの警固は、番士に任せておけばいい。

持ち場を離れた三人の忍びは、ねぐらに戻って一息つく。

御長屋ではなく敷地内の一画にある掘っ立て小屋だが、いちいち家主たちから胡散(うさん)臭げに見られなくてもいいので気が楽だ。

さっそく土間で朝餉(あさげ)の支度に取りかかったのは、格下の二人。

一人はまだ若いくノ一だった。

忍びといっても、いちいち黒装束など着込むわけではない。不寝番中に穿いていた野袴を脱げば、町中で見かける女と変わらなかった。

洗い髪に珊瑚玉(さんごだま)の簪(かんざし)。細身でやや大柄。目はやや小さく、すっと鼻筋が通っている。唇はやや厚めなところが艶(つや)っぽい、

今一人は腰の低い、見るからに人のよさげな中年男だ。糸のように目が細く、顔も体付きもがっしりしている。それでいて、台所仕事に励む動きは仲間の女よりも慣れていた。木綿の着流しの裾をはしょり、太い毛ずねをむき出しにして働く姿はまめまめしい。

男が汁の実にする大根を洗っている間に、女は米を研いできた。

「よいしょっと……」

竈(へっつい)に鉄釜を掛けながら、女は視線を巡らせる。

見つめる先には、手枕をして横になった男の姿。

浅黒く日に焼けた顔は造作が整っており、美男子と言っていい。六尺には届かぬまでも、背が高い。

細身で引き締まった長身にまとっているのは、茶無地の筒袖と黒股引。

外見は鯔背（いなせ）な江戸っ子大工といったところだが、愛想など微塵（みじん）も無い。板敷きの床にごろりと転がり、先程から黙然と目を閉じるばかりだった。

「聞いてんのかい、お頭」

「………」

「聞こえないの！　金華（きんか）！」

「……うむ」

女の呼びかけに、男は言葉少なにうなずいた。

もとより無口であるらしく、女には目も呉（く）れない。

この金華、忍びの一団を束ねる頭である。

ぶすっとしているくノ一の名は白菊（しらぎく）。

一番年下で紅一点だが、気の強さも腕前も、年嵩（としかさ）の男たちに引けを取らない。

気を取り直し、白菊は仲間の中年男に話しかけた。

「お前さんはどう思う、黒松（くろまつ）？」

「何のことだい」

「お屋敷を探ってる黒装束だよ。あの勘働き、ただ者じゃなさそうだけど」

「忍びだろう、あれは。こっちが結界を張っているのに気付いているしな」

「やっぱり、ただの臆病者じゃないんだねぇ」

「見たところ、紀州忍群のようだね」

「ということは、御公儀の御庭番かな……？」

「それはなかろう」

おもむろに口を開いたのは金華だった。

「公儀に仕えし忍びの衆は、ことごとく上つ方に押さえ込まれておる。御庭番に伊賀組、甲賀組……いずれも太平の世で腕は衰え、忍びとは名ばかりの輩と成り果てておるはずだ。とても我らには太刀打ちできまい」

「そりゃそうだろ。飼い犬どもに後れを取るようじゃ、あたしらの商売はあがったりだよ」

白菊は薄く笑った。

よほど自信家であるらしい。

しかし、長いこと悦に入ってはいなかった。

艶っぽい白菊の顔が、すっと引き締まる。

「だけどお前、あいつだけは歯ごたえがありそうだよ」

「気になるのか、白菊」

「まぁね。いい男みたいだし」

「では、調べてみるか」

「妬いたのかい、金華」

「馬鹿を申すな」

身を起こしながら、金華は淡々と答えた。

「腕が立ちそうな者を、いつまでも見逃しては置けまい。結界を張って何遍追い払うても、しつこく探りに来るのが気に懸かる。素性を改め、鳥居殿に知らせてやらねばなるまいよ」

今度は黒松が問うてくる。

「仲間らしいのはどうします、お頭？　門を見張ってる奴らのことですがね」

鉄鍋の中では、刻んだ大根と油揚げがふつふつと煮えている。油揚げは結界を解いて早々、目に付いた振り売りの豆腐屋から買い求めたものだった。

「腹が減ったな」

淡々とつぶやきつつ、金華は応えた。

「その者の素性ならば調べを付けておいた。ここ数日ちょろちょろしておる若造どもではなく、以前にずっと張り込んでおった、夜鷹を装いし男のことだがな」

「さすがはお頭、のんびりしているようで仕事が早い」

黒松は微笑んだ。

「何者だったんだい、あのおっさん？　姿形だけはそれらしいけど、隠形（おんぎょう）も何もなっちゃいないし、どこぞの女形（おやま）くずれが小銭稼ぎに手先に雇われたってとこだろうねえ……」

白菊もせせら笑う。

しかし、金華だけは笑わなかった。

「あやつ、南町の役人であったよ」

「ほんとかい？」

白菊が目を丸くした。

黒松も杓子（しゃくし）を片手に金華を見返す。

驚く二人に、金華は続けて言った。

「金井権兵衛……内与力だ」

「内与力っていやぁ、奉行の側用人のことだろう。それじゃあ矢部駿河守のお付きが直々に、こっちの動きを探りに来てたのかい？」

「中でも金井は信任が厚いそうだ。それほどの者を差し向けたとなれば、駿河守は本気で鳥居殿と、事を構える所存なのだろうよ」

「そう考えるべきでしょうね、お頭」

黒松がうなずいた。

白菊も黙って首肯する。

「後は上つ方に任せるか……」

すっと金華が立ち上がる。

雇い主の耀蔵が登城する前に、情報を入れておくつもりだった。

朝一番の報告を、耀蔵は着替えをしながら耳にした。

夜が明けて間もない寝所にいるのは、金華のみ。いつも着替えを家人に手伝わせることを好まぬので、殊更に人払いをする必要もなかった。

「……左様であったか。大儀」

きゅっと帯を締めつつ、耀蔵は金華の労をねぎらう。

「して鳥居殿、今一人の曲者ですが」

「ふん、笠井半蔵か」

「……あやつのこと、ご存じであったのか」

「白菊と黒松の見立てから察するに、間違いあるまい。そのほうらを雇い入れる前から儂の邪魔をしおる、厄介者よ」

「如何なる手合いなのでござるか？」

「百五十俵取りの小旗本だ。代々の平勘定の入り婿として梶野土佐守に仕える身でありながら、何を思うてか好きこのんで駿河守めに肩入れしよる。忍びの術を心得おるのは、かつて御庭番を務めし祖父御の仕込みと聞いた」

「成る程、やはり御庭番の流れを汲んでおりましたか……」

納得した様子でうなずきつつ、金華は続けて問うた。

「して、次はいかがいたせばよろしゅうござるか」

「南の内与力は泳がせておけ。所詮は小者、大した真似はできまい」

「笠井半蔵は」

「斬れるか、金華」

「お望みとあれば、仰せのままに」

「あやつは強いぞ。そのほうらも存じおる三村兄弟に引けを取らぬ」

「左近殿と互角なのですか」

「いや。そこまでは行かぬが、右近とならば五分五分であろう」

「ならば、我らにも勝機はござる」

「よし。見事に討ち取ったらば、二十両つかわそう」

「ご冗談を」

「少ないか」

「三十俵二人扶持（ぶち）の同心株が二百両は下らぬご時世ですぞ。微禄と申せどお旗本の命が十分の一では、安すぎましょう」

「ふん、人の命を金高で勘定しおるか」

「我らは鍛えた腕を切り売りし、世を渡る身にございますれば」

「では、九十両だ」

「キリよく百両頂戴いたす」

「それでは山分けできまい」

「配下に五十両ずつ渡しとうござる」

「そのほうは、一文も要らぬのか？」

「それがしは配下に食わせてもろうておる身。何を措いても、あの二人の懐を潤わせてやらねばなりませぬ故」

「見上げた心意気だの……相分かった」

話をしながら耀蔵は身支度を終えていた。

金華が去った後も、表情を変えはしない。

まず確信したのは、新たに雇った三人組がなかなか使えること。

初仕事として屋敷の護りを固めさせる上で、耀蔵は事前に情報を教えてやってはいなかった。半蔵について明かしたのも、これが初めてである。

にも拘わらず、金華たちは早々に当たりを付けてきた。半蔵が紀州忍群を母体とする、御庭番の流れを汲んでいると見抜いたのも、本職の忍びあがりならではの着眼ぶりと言えよう。

あの三人は探索の玄人である上に、腕も立つ。

あるいは、本当に半蔵を始末できるかもしれない。

それが出来れば、百両くれてやってもいいだろう。

「少々物入りなれど、やむを得まい……」

淡々とつぶやきつつ、耀蔵は廊下に出る。

すでに頭を切り替え、南町奉行所の始末について考えていた。

金井権兵衛を差し向けたのは、まず矢部定謙と見て間違いない。

（ふっ、あちらから馬脚を現したか……）

胸の内でつぶやくだけで取り立てて驚きもしないのは、あらかじめ予測できていた行動だからである。

定謙が五郎左衛門に歩み寄り、手を組もうとして断られたことまでは、さすがの耀蔵もまだ気付いていない。

しかし、すでに証拠は十分だった。

定謙は耀蔵を敵と見なし、行動し始めたのだ。

子飼いの内与力がこちらの動きを探っているというだけでも、やり込めるには十分な材料となる。

定謙から手を打ってきた以上、何をしても構うまい。

こちらが取って代わっても、文句は言わせぬ。

耀蔵の独断ではなく、水野忠邦の意向を踏まえた判断だった。

言うことを聞かぬ定謙に、すでに忠邦は見切りを付けている。

次の南町奉行には、耀蔵がなればいい。

すでに、そういう腹積もりになってくれているのだ。

耀蔵としては忠邦の判断に有難く乗っかり、定謙に取って代わればいいだけのことである。

だが、その前にやっておくことがある。

仁杉五郎左衛門に、引導を渡すのだ。

金井権兵衛はどうでもいいが、あの切れ者を生かしておいては面倒だ。

手っ取り早いのは、闇討ちにしてしまうことである。

五郎左衛門は頭が切れても、腕はそれほど立つわけではない。

三村兄弟や新たに雇った金華たちをわざわざ差し向けるまでもなく、小人目付衆に一言命じればいいことだ。

しかし、そんな真似をすれば市中の民が黙っていないだろう。

五郎左衛門は情に厚い名与力として人気が高い。前の南町奉行だった筒井政憲を宇野幸内と共に二十年間支えてきた実績は、軽からぬものと言えよう。

その名与力が不慮の死を遂げたとなれば、一波乱起きるのは必定。

南町奉行所の連中にも増して庶民が憤り、手を下した者を探し出そうと躍起になるのは目に見えている。

あくまで慎重に、事を運ばねばなるまい。

皺ひとつなく伸ばした肩衣をそびやかし、耀蔵は廊下を進む。

(ひとつ餌でも投げてやるか……食いつきのよさげな餌を、のう)

冷静に頭を巡らせつつ、朝餉の膳が用意された部屋に向かうのだった。

七

耀蔵一党の動きを摑めぬまま、半蔵は諦めることなく探索を継続した。

お駒と梅吉、そして体調が戻った権兵衛も相手の弱みを握るべく、毎日励んでくれている。

そうこうするうちに見えてきたのは、耀蔵が奢侈品の取引を目こぼしし、豪商から密かに賄賂を受け取っているという事実。清廉潔白な老中首座の懐刀という立場にありながら、裏で汚い真似をしていたのである。

この事実が忠邦の耳に入れば、耀蔵は間違いなく立場を失う。

動かぬ証拠も、もうすぐ手に入りそうだった。

半蔵たちが目を付けた相手は、日本橋の一等地に店を構える豪商。

ネタを仕入れてきたのはお駒だった。

尾行中に耀蔵が料理茶屋を訪れ、豪商と会っている現場を目撃したのだ。

臭いと睨めば、後は仕掛けるのみである。

梅吉と佐和に『笹のや』の商いを任せ、お駒が次の折を待って装った姿は芸者。耀蔵が帰った後の座敷に入り込んだのは昔取った杵柄――名うての女賊だった頃にも得意とした手口であった。

酌をすると見せかけた聞き込みを怪しまれても、動じはしない。

「お姐さん、急に入り込んできて妙なことばかり気にするねぇ。あたしから何を聞き出そうってんだい？」

「すみません、どうかご勘弁くださいまし」

突っ込まれても慌てず騒がず、答える口調はしおらしい。

「包み隠さず申し上げれば、ぜんぶおとっつぁんのためなんです」

「おとっつぁん？」

「旦那さまとご同業の者でございます。株仲間に入れていただきたくて、しきりにお話を持ちかけておりましょう」

「ということは、三好屋さんかい」

「はい」

「妙だねぇ。こんなに大きな娘がいるとは聞いていないが」

「あたしのおっ母さんもお座敷に出ていたんです。おとっつぁんは入り婿なもので表沙汰にできず、月々のお手当をこっそり入れてもらってはおりますが、親子を名乗るなんて夢のまた夢……。だけど、母娘揃って日陰の身のまま死んでいくなんて、切なすぎるじゃありませんか」

「成る程ねぇ」

もっともらしくうなずきつつ、豪商は親切ごかしに言った。

「するとお前さんはお店の役に立った手柄を認めてもらい、晴れて三好屋さんと父娘の名乗りを上げたいわけだ。ううん、大した孝行娘だねぇ……」

「お察しがよろしいのですね、旦那さま。どうかひとつ、おとっつぁんの願いを叶えてやってくださいまし」

「ははは、お前さん、魚心あれば水心って言うのを知ってるかい」

「……はい」

「それなら話は早い。さ、まずは一杯注いでおくれ」

豪商はいやらしく笑った。

同業組合の株仲間に入り、公儀御用達などの特権を得ようとする新興の商人は後を絶たぬが、ただでさえ御上の締め付けが厳しい昨今に、新参者を入れてやる余裕など有りはしない。

まともに話を聞いてやろうとすれば面倒だが、所詮は口約束。白々しく同情したと見せかけて据え膳を有難く頂戴し、この小娘を味見した後は適当にあしらっておけばいい。

しかし、そんな目論見は甘かった。

お駒はあらかじめ、すべてを調べ済み。株仲間に入りたがっている商人が居り、その商人が遊び好きで芸者に手を付けまくっているのを踏まえた上で、もっともらしい話をでっち上げたのだ。

海千山千の豪商も初戦は男。色気が絡めば自ずと警戒心は緩む。まして立居振舞が生娘の如く可憐なお駒が相手とあっては、ひとたまりもない。

お駒はじゃんじゃん酒を勧めた。

「旦那さま、どうぞおひとつ」

「う、うん」

あっという間に、お膳の周りは空になった銚子の山。

お駒を酔わせようと頑張っても無駄であった。

「お前さんも呑むんだよ、ほら」

「はいはい。喜んで……あー美味しい」

口に含むと見せかけて、お駒は酒を襟元にどんどん流し込む。

忍ばせてあるのは海綿。胸を大きく見せる役にも立つので一石二鳥。

巧みなしぐさに、酩酊した豪商は気付かない。

「はい、ご返杯」

「あ、ああ……」

紅が付いた杯を際限なく差し出され、腰砕けになるまで呑まされた。

色ボケにはお誂え向きの仕置きである。

「どうなされました、旦那さま？　次の間にお床を伸べてもらいましたのに」

「よーし、それじゃあ帯から解くとしようかね……うーん」

よろめきながら、豪商は前に倒れ込む。

「いいザマだよ、助平じじいめ！」

酔い潰した豪商を酒臭い座敷に残し、お駒は意気揚々と引き上げる。

半蔵と権兵衛は『笹のや』の二階で知らせを待っていた。

「大事なかったか、お駒？」

「あははは、ちょろいもんさね」

酒をたっぷり吸った海綿を胸元から引っ張り出しつつ、お駒は笑う。

「ちょうど人肌になってるよ。呑むかい」

「戯言は要らぬ。早う話せ」

「ふん、からかい甲斐がない旦那だよ」

ぼやきながらも、お駒は首尾を報告する。

好き者の豪商から聞き出したところによると、耀蔵が賄賂を受け取ったときに一筆入れた書状があるという。

「ただの受け取りじゃなくて、ご老中が株仲間を解散させようとしたら反対してもらう約束もさせたそうだよ」

「成る程……とんだ二股膏薬だな」

半蔵は不快げにつぶやいた。

特権を独占して暴利をむさぼる株仲間を忠邦が敵視し、年内の解散を目論んでいるとのことは、定謙が教えてくれた。

忠邦にべったりの耀蔵が商人に味方し、怒りを買って罷免（ひめん）されるのを覚悟で異を唱えるはずがない。最初から反故（ほご）にするつもりであろう約束を取り交わすとは重ね重ね、呆れたことだった。

ともあれ、その書状が動かぬ証拠となるのは間違いあるまい。

「どうしますね、旦那がた？　お望みなら、今夜のうちに盗んでこようか」

得意げに見返し、お駒はうそぶく。

しかし、半蔵は慎重だった。

「待て待て、無茶はいかんぞ」

「どうしてさ」

「今宵のうちに盗み出さば、真っ先に怪しまれるのはおぬしだ。知らせを受けて鳥居が小人目付を動員し、調べ尽くせば早々に露見いたすは必定であろう」

たしかに、急いては事をし損じる。

もしもお駒が捕まれば、定謙が背後で糸を引いていたと決め付けられる。

尻尾を摑むつもりで仕掛けたことが裏目に出ては、元も子もない。

「それじゃどうするのさ？　せっかく体を張ったのに」

「むくれるでない。おぬしの苦労、無駄にはいたさぬ」

と、権兵衛が思わぬことを言い出した。

「店の番頭になりすまし、鳥居の屋敷を訪ねるとな……？」

「左様」

驚く半蔵に、権兵衛は自信たっぷりに言ってのけた。

「あるじより預けられ、誤って処分してしもうたと偽るのだ。このままでは自分は暇を出されてしまう、もう一通いただきたいと泣き付けばいい……どうさ笠井殿？　おぬしたちも妙案と思うだろう？　はははははは」

半蔵とお駒の顔を順繰りに見やり、権兵衛は笑う。

「無謀に過ぎるぞ、金井殿！」

心配の余り、半蔵が声を荒らげたのも無理はない。

敵の本拠地に正面から乗り込むとは、危険な限り。

しかも正体が露見したとき、権兵衛には半蔵と違って、敵中突破できるだけの剣の腕など有りはしない。

「止めておけ。別の手を考えようぞ」

半蔵の口調は真剣そのもの。

自ら斬られに行くようなものだと思えば、止めたくなるのも当たり前だ。

しかし、権兵衛は聞く耳を持たなかった。

「ならば笠井殿、他に策があるのか」

「それは……」

「今宵に限らず、盗み出さばいずれは足が付く。若い連中に無茶をさせてはなるまいぞ」

「だが、貴公の考えも無茶だ」

「いいから儂に任せておけ。必ずや、鳥居めを欺いてみせようぞ」

「……」

返す言葉が見つからず、半蔵は黙り込む。

「止めときなよ、無茶はいけないって」

お駒も止めたが、権兵衛は聞く耳を持とうとしない。

「何の、何の。大船に乗った気持ちでおれ」

威勢よく告げると同時に、ずいっと立ち上がる。

階段を降りていく足取りは軽かった。

「いいのかい、旦那ぁ」

「致し方あるまい」

戸惑うお駒に半蔵は答える。

権兵衛の決意は揺るぎない。

かくなる上は、黙って見守るしかなさそうだった。

数寄屋橋に戻った権兵衛は、迷わず定謙の寝所に直行した。

「成る程……」

寝しなに起こされたにも拘わらず真摯に耳を傾けた上で、定謙は首肯した。

「やってくれるか、金井」

「御意」

答える口調は力強い。

「御心のままに、必ずや成し遂げてみせまする」

「ならば、儂も身銭を切らねばなるまい」

芝居であるのを見抜かれぬため、定謙が用意したのは小判百両。

「詫び料と称して渡すのだ。さすれば鳥居も四の五の申さず、この金と引き換えに筆を執ってくれるであろう」

「それだけ欲が深いということでありますな、お頭」

「おいおい、お頭とは何じゃ。今の儂は火盗の頭に非ず。南町奉行ぞ」

「これは失礼、殿……何やら懐かしゅうて、つい口が滑りました」

権兵衛は恥ずかしげに微笑んだ。

「何が懐かしいのじゃ、金井」

「殿が火盗改の御役に就いておられし時分のことにございまする。あの頃もこうして大枚の金子を惜しげものう下され、悪党に罠を仕掛けよとお命じになられたもので……」

「ははは、あの頃は儂も若かった故、いろいろと無茶をしたのう」

「まことに……幾度となく肝を冷やしましたが、それがしは捕物に出張るたびに血湧き肉躍り、太平の世に在りながら戦場に立つが如き想いがしたものにございまする」

「うむ、儂もじゃ。何やら燃えてまいったのう」

「その意気にございまする」

思い出話に奮い立ち、定謙は顔を輝かせる。若き日の権兵衛らを率い、幾多の修羅場を乗り越えてきた頃そのままの、精悍(せいかん)な表情である。

そんなあるじを、権兵衛は満面の笑みで見やる。

こうした猛々(たけだけ)しさも好もしいが、定謙は血気盛んなばかりの男ではない。

その証拠に二人の盗賊――お駒の養父と梅吉の父親を斬り捨てたことを、今になっても悔いている。

それは側近の権兵衛のみが知る、半蔵にも明かせぬ本音である。

そもそも、定謙は好きこのんで彼らを斬ったわけではなかった。

「生かして御用鞭(ごようべん)(逮捕)にするには及ばず、問答無用で成敗して火盗の凄みを世に知らしめよとは、若年寄様も罪なことをお命じになられたものでしたな」

「うむ……命まで奪わず、密偵にしてやりたかったものよ……のう金井、いかにして詫びればお駒は儂を許し、父と呼んでくれるのかのう……」

「ご安堵なされませ。そのお志、いずれ必ずや伝わりましょうぞ」

「まこと、左様に思うのか？」

「御意」

権兵衛は重ねてうなずいた。

「及ばずながら金井権兵衛、殿の御為に一命を賭する所存にございまする。若い者の一人や二人を説き伏せられずに、何としますか」

「ははは、頼もしいのう」

暗がりの中、主従は笑顔を向け合った。

八

それから三日後、定謙から託された百両を抱えて、権兵衛は耀蔵を訪問した。

間を空けたのは、賄賂を贈った豪商が偽の芸者――お駒に酔い潰された一件のほとぼりを冷ますためだけではない。

権兵衛は二日続けて日本橋に通い、目を付けた番頭を徹底して観察したのだ。

七方出と呼ばれる変装術の極意は、化ける対象に成り切ること。

体付きは肉布団で補整すればいいし、顔の造りは化粧と含み綿でごまかせる。

しかし、立居振舞は容易に真似できない。作法の違いもあるが、武士には武士、商人には商人の立場に則した習慣というものが存在するからだ。

歩き方ひとつを見ても、武士は帯刀するため左腰に重みがかかるし、商人は両の手で荷物を抱え持つため、どうしても前かがみがちになる。

その上で、個人の癖まで写し取らねばならないのだから大変だ。

耀蔵ほどの策士ならば、眼力も相当なもののはず。生半可では通用するまいと権兵衛は腹を括り、奉行所の仕事を休んでまで観察に集中した。

かくして今日、満を持して出陣するに至ったのである。

「御免やす」

用向きを門番に告げて屋敷に入り込むと、通されたのは玄関脇の板の間。そのまま茶も出されることなく、耀蔵の下城を待つ。

どのみち日暮れ近くまで戻らぬのは承知の上だったが、狙い澄まして訪ねたのを怪しまれては、元も子もあるまい。

焦りを抑えて座っているうちに陽は傾き、部屋は次第に暗くなってきた。

そこに呼びに来たのは浅黒く、凜々しい顔立ちの家士。

「殿がお会いなされるとの仰せじゃ。付いて参れ」

「おおきに」

上方言葉で礼を述べ、権兵衛は立ち上がった。

袱紗包みを大事そうに抱え持ち、ひょこひょこと小股で家士の後に続く。

帰宅したばかりの耀蔵は裃姿のまま、奥の私室で待っていた。

「話は聞いた。内密の用があるそうだの」

淡々と語りかけつつ、向けてくる視線は鋭い。

臆することなく、権兵衛は念を押した。

「わての旦那はんには伏せといていただけまっか？」

「苦しゅうない、申せ」

耀蔵は常と変わらぬ無表情。

権兵衛の懇願に相槌を打つこともなく、黙って耳を傾ける。

「左様か。それは難儀であろう」

「ほな、一筆お願いできまっか」

「故意に非ざると申すのならば、是非もあるまい。ただし、二度とは書かぬぞ」

「えろうすんまへん。よろしゅうお頼み申します」

額が畳に着くほど頭を下げると、権兵衛は袱紗包みを差し出した。

控えていた家士が受け取り、耀蔵の許へと運ぶ。

「百両か……殊勝な心がけだの」

淡々と包みを収め、耀蔵は腰を上げた。

文机に向かって墨を磨り、さらさらと書状を一通したためる。

色黒の家士は席を外していた。

乾くのを待つ間、権兵衛は小刻みに震えていた。

本気でおびえていたわけではない。

上方出の番頭がいつも威張っているものの、実は意気地なしだと店の女中から聞き込んだのを踏まえた芝居だった。

怪しむことなく耀蔵は書状を畳み、戻ってきた家士に渡す。

「おおきに」

差し出された書状を、権兵衛は伏し拝んで受け取った。

廊下には別の家士が待機していた。

用が済んだ権兵衛を、玄関まで連れて行くためである。

「気を付けて帰るがいい」

権兵衛を見送りながら、耀蔵は一言告げる。

「ほな、失礼しますぅ」

ホッと安堵しながらも、権兵衛は上方言葉で通すのを忘れない。

廊下に出るまでの振る舞いは、完璧だった。

しかし、後がいけない。

遠ざかっていく足音を、耀蔵と色黒の家士――金華は無言で聞いていた。

「軽い足取りだの……ふん、儂でも怪しいと分かるわ」

「首尾よう目的を遂げ、気が抜けたのでござろう。所詮は生兵法にござる」

答える金華も無表情。

耀蔵に袱紗包みを差し出されても、さしたる感動は示さなかった。

「鴨葱ならぬ道化の小判じゃ。前もって渡しておこう」

「かたじけのうござる」

「笠井半蔵、必ずや討ち取るのだぞ」

「ははっ」

一礼し、金華は退出する。

この男が常に淡々としているのは、いつ何時でも戦う心境でいればこそ。

取り急ぎ、仲間の応援に出向くつもりだった。

中座したのは白菊と黒松に指示を出し、帰り道で権兵衛を襲わせるため。

あっさり仕留めて書状を奪い返せると考えるほど、金華は甘くない。

事を楽観しないのは、笠井半蔵も同様のはず。

あの男は非力な仲間を敵陣に送り出し、何もせずに帰りを待っていられるほど甘くもなければ、薄情でもないはずだ。

十中八九、待ち伏せをされると見越して、権兵衛を迎えに出向くはず。

結界を張っていても引っかからぬのなら、この機に勝負を付けるのみ。

折しも頃は逢魔（おうま）が刻だ。

暗殺には絶好の時分である。

忍びの術だけ心得ていても、元から闇に生きる身には敵（かな）うまい。

夕闇に包まれゆく屋敷を後にして、金華は行く。
忍び寄る危機を、権兵衛も半蔵もまだ知らない。

第五章　怒りの一刀

一

書状を懐にして数寄屋橋へ向かう、権兵衛の足取りは軽い。

(ご老中の懐刀を欺いたか……ふっ、儂の七方出も大したものだな)

ホッと気が緩んだのは、緊張が続いた反動であった。

余裕を持ち、完璧な芝居をやってのけたと思い込んでいるのは当人のみ。

実のところは、気を張り詰め通しだったのだ。

表情も立居振舞も、慣れない上方言葉での喋りも、すべてを必死の一念で権兵衛は演じきった。余裕も何も無く、ただただ懸命にやってのけた。二度と同じことは出来ないという意味では、一世一代の大芝居だったと言えよう。

ともあれ、修羅場は乗り切った。

そう確信する権兵衛は、迫る危険に気付いていない。

あの鳥居耀蔵を騙し、動かぬ証拠を奪取したのだと信じ込んでいた。逆に自分が欺かれ、待ち伏せまでされているとは、夢にも思っていなかった。

日が暮れたといっても、月は出ている。

ゆっくり歩いても、下谷から数寄屋橋まで半刻はかかるまい。

権兵衛は安堵していた。

危地を脱し、懐には証拠の書状。

(これで殿はご安泰だ……笠井殿もさぞ喜んでくれるであろうよ……)

敬愛する主君と友の笑顔を思い浮かべ、権兵衛は頰を緩ませる。

と、行く手に何者かが立ちはだかる。

「こんばんは」

まだ若いのにやさぐれた雰囲気を漂わせる、婀娜っぽい女であった。

女人にしては大柄で、権兵衛よりも少々背が高い。崩れた髪形と身なりから察するに、盛り場を徘徊する莫連（ばくれん）女であるらしい。

権兵衛が通りかかった界隈（かいわい）は、御濠端につながる武家地だ。

無頼（ぶらい）の輩（やから）には無縁と思われがちだが、まんざら場違いということもない。

武家屋敷の中間部屋では、しばしば賭場が開かれる。町奉行所の手が入らないため安全で、自ずと金回りのいい客が集まりやすい。

胴元になる中間頭は言うに及ばず、屋敷の一部を提供する大名や旗本も寺銭（てらせん）で懐が潤うので好都合。もちろん殿様の意向ではなく、屋敷の管理を任された用人が勝手にやらせていることである。

「ご機嫌ですね、旦那ぁ」

着物の裾から白い脚をちらつかせ、呼びかけてくる女の態度は馴（な）れ馴れしい。

本物の大店（おおだな）の番頭と間違えて、手近の賭場に誘うつもりなのか。

変装が上手すぎるのも考えものだ。

うっかり色気に釣られ、カモにされてしまってはなるまい。

この手の女は大小の刀を帯びていれば寄り付きもしないのを、日頃の経験から権兵衛は承知の上。陪臣——直参旗本や大名に仕える下級武士は、見た目こそ常に羽織袴を着けていて立派でも、内証(ないしょう)は火の車と知られているからだ。

それが番頭風の身なりをしたとたん、艶っぽく迫ってくる。

どのみち金が目当てと分かっていても、腹立たしい。

(無礼者め)

叱り付けたい衝動を抑えつつ、権兵衛は女の脇を通り過ぎようとする。

刹那(せつな)、がっと手首を摑まれた。

振りほどこうとしても、びくともしない。

細身の女とも思えぬ剛力だった。

「おのれ……何をいたすか……っ」

「怪我したくなかったから、懐のもんを置いていきな」

「うぬっ、追い剝ぎであったのか……」

「嫌だねぇ。こんないい女を摑まえて、何を言ってんだか」

女はにやりと口元を吊り上げ、凄絶に微笑(ほほえ)んだ。

「お前さん、どうせ幾らも持っちゃいないんだろう?」

「何……」

「はした金なんかいらないよ。あたしが用があるのは書き付けだけだ。さ、早く出しちまって楽になりな」

「し、知らぬ！」

「とぼけるんじゃないよ！」

一喝するや、女──白菊はぎりっと腕を締め上げる。

「ううっ」

たちまち権兵衛は苦悶の表情。

力の差は歴然だった。口惜しくても、どうにもならない。

間の悪いことに誰一人、来合わせる者はいなかった。

武家地の治安を守るために置かれている辻番所からも離れており、腕に続いて喉を締め上げられ、権兵衛は助けを呼ぼうにも声が出せずにいた。

「仕方ないねぇ……首の骨、外しちまおうか」

事もなげに告げると、白菊は指先に力を込めていく。

このままでは殺される。

そう感じた瞬間、権兵衛は膝で蹴り上げた。

「きゃっ」

白菊が思わず悲鳴を上げる。

膝頭で恥骨を直撃されたのだ。

野袴を穿いていれば、受ける衝撃も少しは軽くなっていただろう。

しかし今宵の白菊は、権兵衛を持ち前の色香で油断させ、捕らえることしか考えていなかった。

忍びといえども生身の体。鍛えられない部位も有る。息が詰まった一瞬、締め上げる指先から力が抜けたのも無理からぬことだろう。

その隙に、権兵衛は横に跳ぶ。

必死の動きは軽やかだった。

懐中の書状は、まだ取り上げられていない。

非力な相手を痛め付けようとした白菊の、完全な失策である。

だっと権兵衛は駆け出した。

しかし、まだ黒松が残っている。

「甘く見すぎたな……」

舌打ちしつつ、風を巻いて飛び出していく。

二人がかりで攻めるまでもあるまいと判じ、権兵衛の視界に入らぬ塀際で見物していたのだが、もはや余裕をかましてはいられない。辻番所に駆け込まれては万事休すだ。

固太りの体型でも、黒松の動きは敏捷そのもの。

たちまち追いつき、権兵衛の襟首に手を伸ばす。

「くっ！」

懸命に権兵衛は前に出た。

襟首の代わりに黒松が摑んだのは、風に舞った羽織の袖。

そのままびりっと引きちぎったが、肝心の書状は懐の中に在る。

ここは跳びかかって押さえ込み、強引に奪い取るしかない。

「おらっ！」

怒号を上げつつ、黒松は跳ぶ。

次の瞬間、固太りの体が地べたに叩きつけられる。

屋根から飛んだ半蔵が急降下し、真上から蹴りを見舞ったのだ。

忍び装束に身を固め、半蔵が駆け付けたのは権兵衛の帰りを警固するため。

まさか忍者を二人も向こうに回して、独りでやり合う羽目になろうとは思ってもいなかったが、斯くなる上はやるしかない。

「先に行くのだ。あの方がお待ちにござるぞ」

半蔵が敢えて定謙の姓名を出さなかったのは、自分たちが南町奉行の手の者であることが敵に知られるのを、防ぎたいと思えばこそ。

権兵衛も察しを付け、半蔵の名前を呼ぶのは避けた。

「し……承知」

うなずき返し、よろめきながら再び駆け出す。

何としても、数寄屋橋まで辿り着く。

無二の主君に、書状を届けてみせる。

自ら果たすと決めた役目のために、身をなげうつ所存であった。

二

去りゆく背中を見送ると、半蔵は背後に向き直った。

すでに黒松は立ち上がり、憤怒の顔でこちらを睨め付けている。

日頃の温厚そうな仮面をかなぐり捨てて、今や凶暴なご面相。

白菊も、戦いの場に合流済みだった。

行く手を阻んだ半蔵を鋭く見返し、油断なく身構える。

共に一言も発しはしない。

突如として現れ、権兵衛を逃がした半蔵こそが、かねてより耀蔵の屋敷に侵入を試みていた忍び装束の男に違いないと判じていた。

本職の忍者さながらに身軽なのは、屋根伝いに駆け付けざまに飛び降り、黒松を制した体のさばきから察しが付く。

権兵衛と同様に甘く見れば、こちらの命取りになりかねない。

それは半蔵も同様だった。

白菊も黒松も、今や本気。
まずは、出ばなをくじかなくてはなるまい。
半蔵は背負っていた刃引きを下ろし、左腰に帯び直す。
迂闊に視線を下げたりはしない。
二人の敵から目を離さず、手探りで為したことだった。
続いて、鞘に手をかける。
右手は柄を握っていたが、集中したのは左手による鞘の操作。
鯉口を切り、間を置くことなく帯に沿って引き絞る。
黒鞘が、海老の尾の如く跳ね上がった。
横一文字の抜き付けが眼前に迫る。
黒松は後ろ向きに背を逸らす。固太りの体は、意外なほどに柔軟だった。
海老反りになった太鼓腹すれすれに、刃引きが唸りを上げて行き過ぎる。
空振りさせられても、半蔵は慌てない。
ひとまず体勢を崩すという当初の目的が達成できれば、それでいい。
黒松が大きく動き、刃引きを真剣と同様にかわしたのは、斬るつもりで気迫と勢いを込め、存分に抜き付けていればこそ。形だけのゆるい抜刀であれば、避けようともしなかったことだろう。

抜き付けの初太刀は、敵の機先を制するために見舞うもの。体勢を崩してくれれば間を置くことなく、二の太刀、三の太刀へと攻撃をつなげられる。

黒松が体を起こす前に、半蔵は刃引きを頭上に振りかぶろうとした。

と、白菊が不意を突いてくる。

横手から一直線に繰り出したのは苦無(くない)。

短刀や手裏剣の代わりになるのはもちろんのこと、地面に穴を掘り、壁を破る壊器(かいき)にもなる鋼の両刃は、ずしりと重い。

まともに食らえば、側頭部を貫通されていただろう。

されど、半蔵に抜かりはない。

ギーン。

重厚な金属音を上げて、苦無の狙いが逸れる。

受け流しに振りかぶった刀身に阻まれたのだ。

半蔵は刃引きの鎬(しのぎ)——側面を白菊に向け、攻撃を受けて流したのである。攻めから守りに素早く切り替えることができるのも、手の内が錬れていればこそだ。

狙いを外した白菊がつんのめるのを目の隅で確かめつつ、頭上に振りかぶった刃引きを黒松に打ち込んでいく。

存分に手の内を利かせた一撃だった。

ただでさえ三百匁前後に達する刀身の重さに、柄が支点となって生じる遠心力が加わるのだから、尋常な威力ではない。刃を潰して斬れなくした刃引きであろうと、骨まで打ち砕くのは容易いことだ。

とっさに黒松は地に転がった。

転んでも、ただでは起きない。

跳び起きたときに握ったのは、隠し持っていた得物。

「む！」

半蔵が大きくのけ反った。

顎をかすめて行き過ぎたのは、鋭い鉄の爪。

一瞬の内に、黒松は手甲鉤を装着したのだ。

手のひらに握り込める大きさの鉄輪に、四本の爪が鋲で留めてある。

鋭い鉤爪は、頑丈な鉄で造られていた。

長さは五寸五分。長すぎず短すぎず、拳と一体にして振るいやすい。体が固そうでいて身が軽く、猫を彷彿させる動きを見せる黒松にふさわしい得物と言えよう。鉄の爪を一本ずつ塡めて用いる猫手の扱いにも、恐らくは長けているに違いない。

体勢を崩した隙を逃すことなく、白菊も襲いかかる。

左手にも苦無を握り、二刀流で攻めてくる。

「くっ」

半蔵は今や防戦一方。

忍びの術を心得ていても、変わり武器との戦いには慣れていないのだ。

御庭番あがりの祖父は、半蔵が少年の頃に亡くなっている。本職の忍者に引けを取らない体のさばきこそ生前に仕込んでくれたが、苦無や手甲鉤、猫手や角手といった忍具の扱いまでは、教えてもらえずじまいだったのである。

後追いの知識として頭に入っていても、いざ現物と、しかも敵が振るっているのと向き合って、上手くさばけるはずもない。

白菊と黒松の猛攻を鎬で受け止め、受け流すだけで半蔵は精一杯。

戦い慣れぬ武器を操る敵、しかも二人と同時に渡り合うのは至難の業（わざ）。

形勢を逆転するなど、もはや無理な相談なのか――。

（俺が出るまでもなさそうだな）

苦戦する半蔵を遠目に見やり、金華は胸の内でつぶやく。

どこか残念そうなのは、半蔵の腕前が思ったほどではなかったからだ。

屈託を覚えた理由は、今一つあった。

（それにしても……腹立たしきは雇い主、だな）

色黒の顔を不快そうに歪（ゆが）めたのは、耀蔵の予想が的中したため。

念のために小人目付の一隊を手配しておく。金華たち三人だけで権兵衛と半蔵をまとめて片付けてくれれば問題ないが、もしも取り逃がしそうになったときは深追いをせず、権兵衛は彼らに任せて、半蔵を倒すことにのみ注力せよ。

屋敷を出る前に、そんな指示を耀蔵から受けていたのだ。

策士と称する手合いには、何であれ予見する力が備わっているらしい。

そして、見事なまでに読みは中（あた）った。

権兵衛は落ち延び、後に残ったのは半蔵のみ。

しかも、期待したほど強くはないのだ。

相も変わらず、半蔵は防戦一方。

手にした刃引きは鎬が削れ、ささらの如く成り果てつつある。生きてこの場を逃れたら、研ぎ師に直してもらわねばなるまい。

あるいは再び刃を付け、斬れるようにするべきだ。

（あやつ、舐めておるな）

金華は腹が立ってきた。

不甲斐ない戦いぶりだけをあげつらい、憤っているわけではない。

なぜ、半蔵は本身を持たぬのか。

捕物でもあるまいし、真剣勝負に斬れぬ刃引きを帯びてくるなど、戦う相手は必ず殺せと教えられてきた金華に言わせれば、どうかしている——。

金華は、ゆらりと前に進み出た。

気付いた白菊と黒松が、サッと左右に分かれる。

半蔵の息は荒い。

絶え間ない攻めが止んだと思ったのも、ほんの一瞬のことだった。

「くっ」

喉元を狙った突きを、半蔵は辛うじて打ち払う。

金華が手にしていたのは忍び刀。

柄を含む全長は、およそ三尺。

月の光に煌めく刀身は、一尺八寸。

柄の菱巻も鞘も黒一色の、地味な拵え。

一見したところ、刀より短いため庶民も所持することが許された、ありふれた長脇差としか思えない。

だが、よくよく見れば似て非なる。

第一に、刀身には反りが無い。

第二に、下緒が並の倍——優に一丈に達していた。

漆が厚く塗られた黒鞘は見た目以上に頑丈で、鐺が尖っている。

下緒も鞘も、武器として使える仕様なのである。

そしてを刀身が真っすぐなのは、突くことに主眼が置かれていればこそ。

忍者が戦うことになるのは、探索中に見付かって血路を開くときや、敵の屋敷に潜入しての暗殺や破壊工作に限られる。振り回す余裕のない、屋内での戦いに重きが置かれたのも当然だろう。

半蔵に対する金華の攻めも、突き一辺倒だった。

シャッ！　キーン！

夜の冷気を直刀が裂き、刃引きをささらに変えていく。ひりつく殺気が半蔵にまとわりつく。

防戦一方の半蔵は疲労の色が濃い。

攻めまくる金華にも、なぜか疲れが見えていた。

もとより体力は十分だったが、抜刀すると早々に消耗してしまう。

原因は、右手に握った得物にある。

この忍び刀、幾多の人の血を吸ってきたという。

金華が所有する以前からのことだ。

研ぎと油の塗り替えを欠かさずにいても、持っているだけで気が重い。

それでも代々の頭領の証(あか)しとなれば、帯びないわけにもいかなかった。

しかるに、半蔵は何としたことか。

主君から命じられれば人を斬らねばならぬのは、武士も忍者も同じである。にも拘わらず、刃引きを帯びるとは何事か。早々に始末を付けてしまうのでは、物足りない。この男には思い知らせることが必要だ。

そんな金華の考えが、仲間たちにも伝わったらしい。

白菊と黒松は、それぞれ得物を構え直した。

正面に右左と、三方向から忍びが迫る。

絶体絶命だった。

しかも、ひと思いに殺す気が無いのである。

「己の甘さを重い知れ……」

苛立ちを口に出しつつ、金華は忍び刀を構える。

と、宵闇を一条の刃が裂いた。

苦無でも手甲鉤でもない。

白菊と黒松を目がけて放たれたのは、曲芸の出刃打ちに用いるのと同じ短刀。

そして金華を襲ったのは、分銅代わりの鉄鉤が付いた捕縄だった。

速攻で弾かれ、切り払われても、新手の二人は動じない。

「まだまだよ。得物ってのは替えを用意しておくもんさ」

「おうおうおう、三対一たぁ卑怯じゃねぇのか、てめーら」

うそぶきながら現れたのは、お駒と梅吉。

待っても戻らぬ半蔵と権兵衛が気に懸かり、やはり心配で堪らず『笹のや』を訪れた佐和に夜の商いを託した上で、駆け付けたのだ。

「これで三対三だな。覚悟しやがれぃ」

短刀をくるくる回しながら、梅吉が不敵に言い放つ。

お駒も負けてはいなかった。

「見てみな梅、はしたない女がいるよ」

「あー……ひでぇ態ですねぇ。姐さん」

「太腿までまる出しだよ。ったく、みっともないねぇ」

「秘すれば花って教えを知らない手合いでござんしょう。あんなのに引っかかる男なんざ、碌なもんじゃねーでしょうよ。へへへへへ」

「そうだねぇ、けっけけっけっ」

裾を乱した白菊を揶ってあざ笑ったのは、動揺を誘うため。

そんな子どもじみた挑発に、白菊は迂闊にも乗せられてしまった。

「何だお前たち！　ちびすけが雁首揃えて、何の真似だい！」

「へん、女は小粒でピリリと辛いのがいいんだよ。かぼちゃだって、薩摩もんのこつまなんきんが上物だって言うじゃないか」

最初から相手が忍者と分かっていれば、さすがに腰が引けていただろう。

お駒と梅吉の怖い者知らずな気性が、この場では吉と出た。

機を逃さず、半蔵は金華の刀を打ち払った。

「うぬっ」

拾おうと跳んだところに、梅吉が出刃打ちの連射をお見舞いする。

敏捷な黒松も、遠間から攻めるお駒の鉤縄には手が焼ける。

「どうしたのさ、だらしないよっ」

そう言う白菊も、躍りかかった半蔵の打ち込みを防ぐので精一杯。

金華は歯嚙みせずにいられなかった。

（くっ……相手を甘く見たのは俺だったか……）

懐に手裏剣が三本あれば、お駒も梅吉も、そして半蔵も、一瞬のうちに仕留められたに違いない。

しかし、持参した得物は忍び刀のみ。その一振りも鉤縄に引っかけられ、手が届かぬ場所まで飛ばされてしまった。

梅吉は短刀を何本持ってきたのか、続けざまに出刃打ちを見舞ってくる。

戦況は今や逆転していた。

三

一度は窮地に陥った半蔵が反撃に転じたことを、権兵衛は知らない。

忍びの襲撃をかわしたのも束の間、大小を帯びた一団が追って来たのだ。

「鳥居様のご命令ぞ！　所持する書状を奪い取るのだ！」

「手に余らば斬り捨てよ！」

口々に言いながら殺到したのは、耀蔵が放った小人目付衆。半蔵ならば軽く蹴散らせるのだろうが、権兵衛には無理な相談。

とにかく、三十六計を決め込むより他に無い。

権兵衛は無我夢中で、駆け通しに駆けまくった。

早々と息が上がったのは、ここ半年ほど馬にばかり乗っていた報い。

去る四月に定謙が南町奉行職に就くと同時に内与力に取り立てられ、町奉行所備えの馬を好きに使える立場となったのが、裏目に出たのだ。

知らないうちに体が鈍(なま)っていたのを、今さら悔いても遅い。

このままでは、追いつかれるのは必定(ひつじょう)。

何らかの手を打つのだ。

書状を無事に届けるため、しかるべき方法を見つけたのだ。

こういうときも、内与力の立場は裏目に出るばかりである。

廻方の同心ならば、このぐらいの窮地を脱するのも容易いだろう。

市中の巡察を役目とする廻方は、あちこちに顔が売れている。見回りの持ち場を離れた場所でも、御成先御免(おなりさきごめん)の着流しに巻羽織、小銀杏髷(こいちょうまげ)という特徴があれば八丁堀の同心であると一目で分かる。

今の権兵衛のように身なりを変えて町人になりすましていても、身分の証しの房(ふさ)付

き十手(じって)さえ持っていれば、どこに行っても不自由はしない。追われていれば匿(かくま)っても
らい、奉行所に使いを走らせてもくれるはず。

だが権兵衛は内勤の身。しかも民と交わりを持たぬ内与力。

登城する定謙の供をして市中で毎日馬に乗っていても、いちいち顔まで覚えてくれ
ている者がいるはずもない。

まして窮地を救ってもらうことなど、期待できるはずもなかった。

「ううっ……」

先程から胸の動悸(どうき)が止まらない。

早鐘(はやがね)を打つとは、まさにこのことか。

闇に紛れ、裏道から裏道へと逃れながら、権兵衛は呻(うめ)いた。

小人目付衆の追跡は、執拗(しつよう)に続いていた。

「ええい、何処に隠れおった！」

「遠くには行っておるまい。草の根分けても探し出せ！」

この様子では、夜が明けるまで諦めまい。

見つかれば万事休す。

もとより丸腰で寸鉄も帯びておらず、腕も立たぬ権兵衛では刀を奪い取る前になます斬りにされて果てるのがオチだ。

斯くなる上は、仕方ない。

わが身の無事は諦めるとしても、せめて書状だけは、何とか無事に届けられぬものだろうか――。

「ん？」

ふと、権兵衛は汗と埃にまみれた顔を上げる。

かすむ瞳に映じたのは、裏路地に面した商家の勝手口。

見れば、戸閉めの心張り棒が掛かっていない。

表通りに面した店も、厠は裏通りにある長屋と共用になっている。恐らく店の者が小便をしに起きて、まだ戻っていないのだろう。

これは天の配剤だった。

入り込んでしまえばこっちのもの。無理を承知で頼み込み、必要とあれば有り金を残らず渡してでも、書状を定謙の許まで届けてもらおう。

権兵衛はよろめきながら歩み寄り、きしむ板戸を押し開く。

心張り棒を外した者は、まだ店の中にいた。

「何だい何だい？　お勝手だからって、いきなり入ってくるんじゃないよ！」

「お、おぬしは……」

「あたしゃこの店のあるじだよ」

土間に仁王立ちとなり、仏頂面で答えたのは痩せた五十男。

痩身でも、ひ弱な印象はまったく無い。

髪にこそ白いものが目立つが、顔も体も引き締まっており、寝間着越しに見て取れる腿の張りはたくましい。絞り込んだ体つきの、剽悍な男だった。

「お前さんこそ、どこのどなたなんです？　こんな夜更けに人騒がせな……」

手燭を掲げ、店のあるじは胡散臭げに権兵衛の顔を見やる。

相手が士分と分かっていれば、こんな無礼な真似は出来ないはずだ。

腹立たしいが、助けを乞う身で文句は言えない。

せめて大店の番頭らしく見えればよかったのだろうが、羽織の袖は黒松に引きちぎられ、紐もどこかに行ってしまった。

帯は半ば解け、乱れた裾から下帯が覗いている。

雪駄は両方とも脱げてしまい、足袋は泥だらけ。

追い剝ぎに遭ったかのようだが、もちろん懐中物は無事である。

あるじの邪険な態度に構わず、権兵衛は話を切り出した。

「た……頼む……」

「な、何なんです」

しわくちゃになった書状をそっと取り出し、戸惑うあるじに押しつける。

「これなる書状を……す……数寄屋橋まで届けてくれ……」

「数寄屋橋って、まさか、南の御番所（奉行所）のことじゃないでしょうね」

「さ、左様……お奉行のご進退に関わる、大事なのだ……」

権兵衛は息も絶え絶え。

断られても、次に頼む相手を探す力が残っていない。

膝にも力が入らず、がっくりと前にのめる。

「しっかりしなせぇ」

よろめく体を支え、あるじは権兵衛を上がり框まで運んで行く。

急に親切になったものである。

厄介者扱いをされるかと思いきや、口調も手つきも丁寧だった。

「ひとまず、そこにお掛けなさいまし」

ホッと一息ついた権兵衛に、あるじは水を汲んでくる。

震える手で碗を受け取り、乾ききった唇を付ける。

染み入る味は、まさに甘露であった。

「かたじけない……」

権兵衛は安堵した。

どういう風の吹き回しなのか分からぬが、まずは良し。

この様子ならば、頼みも快く聞いてもらえそうだ。

と、目の前に水を満たした桶が差し出される。

「すみませんが、お顔を洗っちゃいただけませんか」

「ああ……重ね重ね、痛み入る」

洗顔が終わるのを待ち、あるじは手ぬぐいを拡げて寄越す。至れり尽くせりで少々
気味が悪いが、今は好意が有難い。

「どうぞ」

「かたじけない」

権兵衛は息を整えつつ、さっぱりした心持ちで顔を拭き上げる。

それを待っていたかの如く、あるじが目を凝らす。

「やっぱりそうだ。金井様……金井の若様ですね！」

「左様だが……」

なぜ、こちらの姓を知っているのか。

怪訝そうに見返す権兵衛の肩を、あるじは懐かしげに掴む。

「わっちですよ！　お父上に助けていただいた、飛脚の万吉でさぁ！」

「万吉とな？」

「嫌ですよぉ、お忘れになったんですかい？」

仁王像のような顔をほころばせ、あるじは続ける。

興奮の余り、房総のお国言葉になっていた。

「かれこれ二回り前、元服を済ませた若様が火盗の見習い与力をしていらした頃のことでさぁ。わっちがお客さんから預かった包みを破り、中の金を盗んだって着せられた濡れ衣を、お父上が晴らしてくだすったんですよ。ほんとに覚えちゃいないんですかい」

「そういえば、詮議を手伝うたような……」

「それそれ、それでさぁ」

「されど、あの折の飛脚は太鼓腹の太っちょだったぞ? それに盗みはせずとも博奕にはまり、方々に借りをこさえていたはずだ」

「面目ありやせん、若様」

あるじは胡麻塩頭を掻いた。

「寄場送りになりかけて、おかげさんで目が覚めました。あんときは火盗の長官でいらした矢部の殿様からも、有難いお説教を頂戴したもんでさぁ」

「成る程のう……。それで生き方を改め、身を削るほど励んだということか」

「へい。その甲斐あって、店を構えるまでになりましたよ」

「されば、商いは飛脚屋か?」

「左様にございます」

「それは重畳」

権兵衛は今度こそ安堵した。

これは、亡き父の導きと見なすべきだろう。

かつて万吉と名乗っていた飛脚は万兵衛（まんべえ）と改め、自ら一軒構えるまでになっていたのである。

「勝手ながら、若様のお名前から二文字拝借いたしました次第でさ」

「若様は止めてくれぬか。儂（わし）はもう、不惑の歳なのだぞ……」

くすぐったげに微笑むと、権兵衛は改めて書状を託す。

自分が店を出た後、陽が高くなってから届けてくれるようにと頼んだのは、万が一のための用心だった。

たとえ捕まっても、書状さえ無事ならば、それでいい。

そう告げるや、万兵衛はいかつい顔一杯に怒気を浮かべて言った。

「いけませんよ、そんな料簡、若様らしくもねえ。うちの野郎どもを今すぐ叩き起こしますんで、助太刀をさせてやってくだせぇまし」

「それはいかん、いかんぞ」

「どうしてですかい？　若様、いえ、旦那の御身が危ないのに」

「事は隠密裏に進めねばならぬのだ。騒ぎになっては元も子もない」

「だったら旦那、鳥居にはやりたい放題させといてもいいんですかい？」

「今は致し方あるまい。相手は目付。それもご老中の覚え目出度き身なれば怖い者なしだからの……」

「それにしたって、理不尽が過ぎますさぁ！」

「もとより承知の上よ。なればこそ、わが殿……矢部駿河守様に糺していただくのだ。これなる書状を動かぬ証拠として……の」

「……承知しやした」

万兵衛は涙を拭いてうなずいた。

「わっちがこの手で、命に代えてもお届けいたしやす。旦那もどうかご無事で」

「世話になったの。されば、よしなに頼む」

幾度も頭を下げる万兵衛の肩を叩き、権兵衛は勝手口の戸を開く。

追っ手はすでに去った後だった。

裏道から表の通りに出て、目指すは数寄屋橋。

もう少しで、辿り着ける。

そろそろ夜も明ける頃。朝靄の漂う中、権兵衛は駆ける。

（半蔵殿は無事だろうか……）

そんな心配が出来るほど、気持ちに余裕が出てきたのが喜ばしい。

「ふふ……!?」

と微笑みかけた刹那、権兵衛は凍り付いた。

片袖がちぎれた羽織の背に、じわじわと赤い染みが拡がっていく。

町角を曲がろうとした刹那、背後からひと突きされたのだ。

「ふっ、雉も鳴かずば撃たれまいに……」

崩れ落ちていくのを尻目に、うそぶいたのは三村右近。

血に濡れた脇差をぬぐい、亡骸をそのまま打ち捨てる。わざと衆目に晒し、辻斬りに遭ったと見せかけるためだ。

「何とも程よき角度で決まったのう。こやつ、いい稽古台になってくれたわ……ふふふ、礼を言うぞ」

訳の分からぬつぶやきを残し、右近は亡骸に背中を向けた。

向かった先は八丁堀の組屋敷ではなく、近くの岡場所。

例によって奉行所勤めはさぼりを決め込み、権兵衛の横死が騒ぎになっても我関せずで押し通すつもりであった。

四

権兵衛の死は、一同に深い悲しみを与えた。

とりわけ、定謙の落胆は大きい。

「儂のせいじゃ……。くだらぬ紙切れ一枚を手に入れるために、儂は無二の忠臣の命を散らせてしもうたのだ……」

見るも気の毒なほどに、打ち沈んでいる。

気心の知れた、古くからの家来に死なれたとなれば当然のことである。

「……間違いのう、三村右近の仕業でありましょう」

確信を込めて、半蔵は言った。

権兵衛が殺害された町角は、数寄屋橋とは目と鼻の先。

南町奉行所のお膝元で辻斬りを、しかも内与力を手に掛ける痴れ者が他にいるはずもないだろう。

「おのれ、三村め……」

半蔵は、湧き起こる怒りを抑えきれなかった。

あの男は密かに人の命を奪うとき、決まって脇差を用いる。

去る六月の同心殺しも右近の仕業と見なせば、符丁が合うのだ。

脇差は、自害をしたと見せかけるのに都合のいい得物。

長い刀で突き伏せれば切っ先は胴を貫いてしまうが、刀身の短い脇差は脾腹(ひばら)をえぐるにとどまる。それでいて確実に急所を捉え、引導を渡すことができる。

権兵衛の場合、町人姿になっていたので自害を装わせることができなかったのだろうが、それにしても衆目に亡骸を晒しておくとはひどすぎる。

人の尊厳を踏みにじるやり口も、右近ならば有り得ること。

確たる証拠は何も無い。

だが見逃せば、右近はまた人を殺すだろう。

次に狙われるのは五郎左衛門か。それとも、一気に定謙か。

いずれにしても、放っては置けない。

その日、半蔵は床の中で夜が更けるのを待った。

同じ布団の中で、佐和はぐっすりと眠っている。

愛する夫と情を交わし、満ち足りた顔で眠りに就いていた。

「…………」

半蔵は辛そうに目を背ける。このまま愛妻の顔を見つめていては、床から出られなくなってしまいそうだった。

だが、今宵こそ行かねばならない。

今日は外聞を憚って密葬に処された、権兵衛の初七日である。

右近に罪を贖わせるのは、今宵を置いて他に無い。

そのために用意したのは、いつもの刃引きと違う。

権兵衛が命を落とした翌日に買い求めた、孫六兼元——三本杉兼元の異名も名高い、乱世の美濃国で生まれた一振りだ。もちろん、真剣である。

過日に良材からせしめた詫び料の残りを余さず散じ、入手したのである。

無銘だが、刃文は見紛うことなき三本杉。

遠くに望む杉木立を思わせる刃文が意匠化される以前の、あくまで自然な初代兼元の作風そのものである。もしも兼元自身の作ではないにせよ、近しい弟子の誰かが手掛けたと見なしていいだろう。

少なくとも戦国乱世に鍛えた一振りなのが確実ならば、右近を斬るのに不足はあるまい。

せっかく剛剣を手に入れても、使いこなせなくては意味が無い。

贖（あがな）ってから五日、この一振りを半蔵は手慣らすことに専心してきた。まず抜き差しすることから始め、真っ向斬りに左右の袈裟（けさ）斬りと刃筋を通して打ち振ることを繰り返し、集中して取り組んできた。

確実に倒すためには、冷静さも失ってはなるまい。

それを教えてくれたのは、あの夜に刃を交えた忍びの者たち。

金華と称する頭目の攻め方には、明らかに私情が入っていた。

あれからお駒と梅吉の助太刀で反撃し、逆に追い込んだ半蔵は、金華から本音を引き出した。

（人を斬れずに、何が武士……か。言うてくれたな、あやつ）

偏った考え方だと半蔵は思う。

世間には、刀を抜かずに一生を終える武士のほうが遥かに多いのだ。

上意討ち、仇討ち、介錯。

いずれも武家の習いとはいえ、全員が強制されるわけではなかった。

少なくも上意討ちと介錯は腕の立つ者以外は任せられぬことであるし、仇討ちは親族から手練を募り、助太刀をさせるのが認められている。つまり、凡百の士が一対一の真剣勝負に赴かされる可能性など、皆無に等しいのである。

願わくば半蔵も、そういう立場に在りたかった。

剣術が好きであることと、人斬りを好むのは別問題。

半蔵の知る限り、右近は修行者でも何でもない。

持って生まれた才と恵まれた体を邪道にしか用いぬ、悪しき剣鬼だ。

人は斬りたくなかったが、外道ならば滅したい。

やらねばならぬことなのだ。

半蔵の肚は、斯くして決まった。

右近が行きつけの岡場所は分かっていた。

馴染みの店で恥を掻きたくなければ大人しく、素直に付いてくるであろうこともあらかじめ勘定済み。

算盤の扱いに慣れることで、半蔵はそういう計算も出来るようになっていた。

選んだ場所は深川の十万坪。

邪魔など入るはずもない、荒涼たる野っ原であった。

「そろそろ存念を聞かせよ。うぬ、これは何故の呼び出しか？」

着流しの裾を風にそよがせ、右近は苦笑する。

愛用の襟巻きも、潮の香を孕んだ風に揺れていた。

「下らぬ向きならば俺は帰るぞ。まぁ、詫び料は二分も貰うておくか」

「うぬの遊興に足し前をくれてやる気など、もとより有りはせぬ……」

「ふ、堅物が味なことを言うようになったものだな」

淡々と答えた半蔵に、右近は嘲りの笑みで応じた。

「喧嘩を売るつもりならば面白い、退屈しのぎに買うてやるぞ」

「下らぬ喧嘩をする気はない……」

「やかましい。酒の銘柄でもあるまいに、下るも下らぬも無かろうぞ」

さすがに右近も焦(じ)れてきたらしい。

「何が言いたいのだ。笠井っ」

「知れたこと。今日は金井殿の初七日なれば、ご無念を晴らさせてもらおうぞ」

「それで、俺を斬ると申すのか」

「観念せい、三村」

「ははは、とんだ濡れ衣だな」

「ぬかせっ」

半蔵は飛翔した。

着地しざまに鞘を握り、払う。

煌(きらめ)く刃(やいば)が露わになった。

「ふん……」

鼻で笑ってかわした右近は、半蔵が真剣を手にしているとは気付いていない。

刃引きに非ずと分かったのは、切り返しの一刀にかすめられたとき。

「まさか、本身か!?」

頬を裂かれた右近は、信じられないといった面持ち。

半蔵は答えない。

無言のまま、冷たく一瞥しただけだった。

対する右近も、いつまでも気圧されたままでいるタマではなかった。

「その刃文は三本杉か……ふん、孫六兼元とは張り込んだな。面白い」

「何が面白いのだ」

「うぬには過ぎた差料なれば、俺が貰うて進ぜよう。引導を渡してやった、その後でな」

「少しは分を弁えて物を言え、外道」

「ははははは。ならば外道らしく、うぬが妻女も頂戴しようか？　こってりと可愛がり、うぬのことなど毛ほども思い出さぬ体にしてやろうぞ」

「黙り居れ」

半蔵は吠えた。

激怒しても、まだ冷静さは失っていない。

勝負に敗れては、この場に足を運んだ意味が無いと分かっているからだ。

右近は悪意と欲のみで出来ている男。

挑発にいちいち乗せられていてはキリがあるまい。

為すべきことはひとつだけ。

あくまで平静を保ちつつ、追いつめるのみ――。

滾る怒りを、半蔵は腹に溜めていた。

思ったことを言わざるは腹ふくるる業なれど、何事も口から出すばかりが能ではあるまい。

飲み食いしたものは、滋養になれば反吐にもなる。

悪しき輩の言動から受けた不快の念も、活かせば力になるはずだ。

今宵の戦いに挑むに際して、半蔵はそう心がけることにした。

右近は腕が立つにも拘わらず、口汚い。卑怯な手も、迷わず遣う。

双子の兄である左近が外見も行動も貴公子然としているのに、弟の右近はあくまで汚い男であった。

その左近は今、江戸を留守にしているとのこと。

半蔵にとっては幸いだった。

三村左近は人格はもとより、剣の腕前も弟の上を行く。

だからと言って、右近を見捨てはしないだろう。

外道であっても血を分けた弟ならば、必ずや助けようとするはずだ。

なればこそ、半蔵は権兵衛の初七日を勝負の日と決めた節もあった。

四十九日まで間を置けば、左近が戻ってきかねない。

二人を同時に相手取れる自信は、さすがに無かった。

後で何と言われようとも、賢兄が不在のうちに愚弟を討つべし。

今や半蔵に迷いは無かった。

心中の曇りが失せれば、振るう刃筋も自ずと冴え渡ろうというもの。

しかるに、右近は邪念が尽きない輩。

真っ向から半蔵と剣を交えるだけでは飽き足らず、何とか裏を掻いてやろうと目を光らせている。

刀を右手一本で握ったのは、左手で帯前の脇差を抜き打つ前段階。

近間に入りざま、脾腹を刺し貫くつもりであった。

そんな手口も、半蔵はもとよりお見通し。

不意を突こうとしたのに応じ、抜き合わせたのは鞘だった。

「何じゃ、それは!?」

「おぬしと同じく鳥居に雇われし、忍びの男が使うた一手だ」

「卑しい忍びの技を真似るか、痴れ者めっ」

「痴れ者はそちらであろう」

半蔵は微塵も動じない。

突きを防がれた悔しさの赴くままにわめいた右近とは、格が違う。

斬ると心に決めて以来、半蔵は変わった。

血を求めているわけではない。

戦いを挑んだ右近のことも、何もなます斬りにしたいわけではなかった。

望んだのは彼らを使役する鳥居耀蔵、そして水野忠邦に是非を正すこと。

哀れでも右近に死んでもらうのは、その手始めと言っていい。

これまで半蔵は、情に重きを置いてきた。

矢部定謙は見上げた男だから、好もしい。

仁杉五郎左衛門は堅物だから、好きになれない。

宇野幸内は好人物だが、柔らかすぎて付き合いにくい。

三村右近は話にならない外道だが、殺したいとまでは思わない。

そんな感情に左右されていた。

しかし、いつまでも好悪で事を判じていてはなるまい。

半蔵は当年取って三十三歳。

年が明ければ、不惑の歳にまた近付く。

ちょうど四十で逝った金井権兵衛は、たしかに半蔵よりも達観していた。

妻女の花江も、同様である。

もしも今宵、半蔵が返り討ちにされたら佐和は何とするだろう。

花江の如く粛々と夫を弔い、喪が明けたら髪を下ろして出家しますと、何の気負いも見せずに言えるのだろうか。

むろん、取り乱してほしいとは思わない。

佐和は強く美しい。

本来は半蔵に頼らずとも、生きていける女傑なのだ。

さもなければ、あの家斉公を拒み通せるはずもなかろう。

もしも半蔵が命を落としても大丈夫だろうし、取り乱したりするまい。
そんな安心感も、戦いの場で平静を保つ礎になっていた。
右近と刃を交えつつ、半蔵は前へ前へと出て行った。
枯れた葦(あし)を蹴り分け、乾いた土を跳ね上げながら突き進む。
対する右近は防戦一方。
「く!」
焦りの声を上げたことなど、かつて無い。
追い込まれた経験そのものが、皆無に等しいのだ。
数少ない例外は、兄の左近と立ち合ったときぐらいのもの。
攻め慣れている反面、受けに廻れば右近は弱い。
それでも左近が相手ならば、腹は立たない。
兄だから許せるという以前に、実力の差がはっきりしているからだ。
だが、なぜ半蔵如きに圧倒されねばならぬのか。
目の前の現実が、右近は信じられなかった。
しかも今宵の半蔵は、本身を振るっている。

どれほど悔しかろうと、受け続けられなくなれば斬られてしまう。

はらわたが煮えくり返るとは、このことだ。

なぜ以前、斬れるときに引導を渡しておかなかったのか。

今になって、悔いても遅い。

十万坪を吹き抜ける風は冷たい。

にも拘わらず、右近の顔は血まみれ汗まみれ。

生まれて初めての冷や汗だった。


十万坪は小名木川（おなぎがわ）とつながる運河に面している。

半蔵が右近を連れて来た船は岸辺にもやってあるが、他にも猪牙（ちょき）が一艘、暗くたゆたう川面に浮かんでいた。

この先の中川口（なかがわぐち）に在る船番所の目を盗み、抜け荷を働く手合いではない。

乗っていたのは折り目正しく羽織と袴を着けた、優美な雰囲気を漂わせながらも右近と瓜二つの武士――三村左近。

半蔵との激しい応酬を、左近は先程から無言で見守っていた。

血を分けた弟が追い込まれているというのに、助太刀に入るどころか、励ましの声さえかけようとはしない。

代わりに口を衝いて出たのは、淡々としたつぶやき。

「……成仏せい」

弟が極悪非道の輩なのは、もとより左近も承知の上。

物心ついてから二十余年、ずっと傍で目にしてきた。

もはや限界。手を貸したいとも思えない。

しかるに、半蔵は生かしておきたい好敵手。斬るのは自分と決めている。

だが、右近には無理だろう。

(いずれ笠井は俺が倒す……己の愚かさを悔いて逝け、右近……)

愚弟に心の中で語りかけ、賢兄は淡々と背を向ける。

剣戟の響きも、もはや耳に入れようとはしていない。

防戦一方の弟を省みず、このまま猪牙を漕いで去るつもりだった。

と、そこにせわしく櫓を押す音。

中川口ではなく、深川方面から来た一艘だ。

左近の如く気配を消していないため、半蔵も右近もすぐ分かった。

続いて聞こえてきたのは、息せき切った叫び声。

「半さーん！」

「高田……」

俊平の思わぬ出現に、半蔵が呆気に取られたのも無理はない。

刹那、右近は合わせた刃を打っ外す。

一瞬の隙を突き、逃亡を図ったのである。

「おのれ！」

逃げ去る背中に怒号を浴びせ、半蔵は駆け出した。

しかし、もはや間に合わない。

右近は目敏かった。

「兄者！」

左近はとっさに顔を背ける。

なぜそんな真似をしたのか、自分でも分からなかった。

相手は仮にも血を分けた、実の弟。

されど、おぞましいと思わずにいられない。

そんな兄の気も知らず、右近は猪牙に飛び乗った。

「来てくれておったのか……はははは、嬉しいぞ」

「……無事であったか、おぬし」

「当たり前だ。今宵は退屈しのぎに遊んでやったまでのこと……ほんのおふざけとでも思うてくれ」

まさか一部始終を見られていたとは知らぬまま強がってみせると、右近は竿を引ったくった。猪牙を岸辺から離すためである。

「長居は無用ぞ、さ！　漕げ漕げ！　漕いでくれ！」

必死で岸を突きつつ急かす姿は、実の兄から見ても滑稽であった。

出来ることなら昏倒させ、半蔵に引き渡してやりたいものだが、斯くも懸命に逃げ出そうとしている弟を裏切っては、さすがに寝覚めが悪すぎる。

やむなく、左近は急かされるままに船を漕ぎ出した。

去りゆく船を、半蔵は歯嚙みしながら見送るばかり。

「おのれ……」

左近がこちらに肩入れしたい気分でいることを、半蔵は知る由もない。

それにも増して腹立たしいのは、余計な真似をしてくれた俊平である。

「何故に邪魔をいたした！　高田！」

「だんびらを振り廻してるどころじゃないですよ……半さん……」

まだ息が整わず、俊平は苦しげにあえいでいた。

権兵衛が右近に闇討ちされたことなど、俊平は知らない。

息せき切って駆け付けたのは、他の理由があってのことだった。

「仁杉殿が？……阿呆なことを申すでない」

「間違いありません。北町でも、そりゃ大騒ぎで……」

「何としたことか……」

右近を倒すに至らなかった本身を手にしたまま、半蔵は立ち尽くす。

敵を取り逃がした悔しさよりも、思わぬ報を受けた衝撃が今は大きい。

早いもので、天保十二年も十月の末――陽暦の十二月上旬を迎えていた。

この作品は2013年2月双葉社より刊行された『算盤侍影御用　婿殿懇願』を加筆修正し、改題したものです。

本書のコピー、スキャン、デジタル化等の無断複製は著作権法上での例外を除き禁じられています。本書を代行業者等の第三者に依頼してスキャンやデジタル化することは、たとえ個人や家庭内での利用であっても著作権法上一切認められておりません。

徳間文庫

婿殿開眼八

奔走虚し(ほんそうむな)

© Hidehiko Maki 2020

2020年6月15日 初刷

著者 牧(まき) 秀(ひで) 彦(ひこ)

発行者 小宮英行

発行所 株式会社徳間書店
目黒セントラルスクエア
東京都品川区上大崎三-一-一 〒141-8202

電話 編集〇三(五四〇三)四三四九
販売〇四九(二九三)五五二一

振替 〇〇一四〇-〇-四四三九二

印刷 製本 大日本印刷株式会社

ISBN978-4-19-894567-1 (乱丁、落丁本はお取りかえいたします)

徳間文庫の好評既刊

牧 秀彦

中條流不動剣㈠

紅い剣鬼

書下し

　満ち足りた日々をおくる日比野左内と茜の夫婦。ある日、愛息の新太郎が拐かされた。背後には、茜の幼き頃の因縁と将軍家剣術指南役柳生家の影が見え隠れする。左内はもちろん、茜をかつての主君の娘として大事に思う塩谷隼人が母子のために立ちあがる。

牧 秀彦

中條流不動剣㈡

蒼き乱刃

書下し

　謎多き剣豪松平蒼二郎は闇仕置と称する仕事を強いられ修羅の日々を生きてきた。塩谷隼人を斬らなければ裏稼業の仲間がお縄になる。暗殺は己自身のためではない。隼人に忍び寄る恐るべき刺客。左内はもともと蒼二郎の仮の姿と知り合いであったが……。

徳間文庫の好評既刊

牧 秀彦

中條流不動剣三
金色の仮面

書下し

　ほろ酔いの塩谷隼人主従は川面を漂う若い娘を見かけた。身投げかと思いきやおもむろに泳ぎ出す姿は常人離れしている。噂に聞く人魚？　後日、同じ娘が旗本の倅どもに追われているのを目撃し、隼人は彼らを追い払う。難を逃れた娘は身の上を語り始めた……。

牧 秀彦

中條流不動剣四
炎の忠義

書下し

〝塩谷隼人は江戸家老を務めし折に民を苦しめ私腹を肥やすに余念なく今は隠居で左団扇――〟。摂津尼崎藩の農民を称する一団による大目付一行への直訴。これが嘘偽りに満ちたものであることは自明の理。裏には尼崎藩を統べる桜井松平家をめぐる策謀が……。

徳間文庫の好評既刊

牧 秀彦

中條流不動剣五
御前試合、暗転

書下し

江戸城で御前試合が催されることとなり、隼人が名指しされた。隼人以外は全員が幕臣、名だたる流派の若手ばかり。手練とはいえ、高齢の隼人が不利なのは明らか。将軍のお声がかりということだが尼崎藩を貶めようと企む輩の陰謀ではあるまいか……!?

牧 秀彦

中條流不動剣六
老将、再び

書下し

隠居の身から江戸家老に再任された塩谷隼人だが、藩政には不穏な影が。尼崎藩藩主松平忠宝、老中の土井大炊頭利厚は、実の叔父と甥の関係。松平家で冷遇され、土井家に養子入り後に出世を遂げた利厚は、尼崎藩に大きな恨みを抱いていたのだった。

徳間文庫の好評既刊

牧　秀彦

江戸家老塩谷隼人㈠
人質は八十万石

書下し

内証苦しい尼崎藩の江戸家老塩谷隼人。藩邸を取り仕切る一方、国許の農政に腐心する日々。加島屋正誠ら両替商たちに藩への融資を頼むべく大坂へ向かい、堂島の米会所で面会にこぎつけるが、突如として三人の賊が乱入。正誠が連れ去られてしまった。

牧　秀彦

江戸家老塩谷隼人㈡
対決、示現流

書下し

塩谷隼人は、国許の農政改善への協力を求め、農学者の大蔵永常を訪ねる。永常は快諾の代わりに身辺警固を頼んできた。幕府と薩摩の双方から狙われていたのだ。隼人は相次いで不審な刺客と対決、薩摩藩前藩主・島津重豪の手の者と対峙することとなる。

徳間文庫の好評既刊

牧 秀彦

江戸家老塩谷隼人㊂
恋敵は公方様

書下し

七年越しで互いに憎からず想いあう隼人とお琴。願わくばお琴を娶り、共に余生を大事に過ごしたい。ある日、色好みで知られる将軍家斉公がお忍びで市中に出掛けお琴を見初めてしまう。そして、大奥に迎えると高らかに宣言。思いも寄らぬ騒動が始まった。

牧 秀彦

さむらい残党録

三遊亭圓士、当年とって三十九歳。名人圓朝に弟子入りしたのは御一新の直後のこと。この男、元は大身の旗本。幼馴染みの三人と一緒に彰義隊に参加した。時は明治二十四年——この中年江戸っ子元士族四人組が帝都東京を舞台に繰り広げる裏稼業とは……!?

徳間文庫の好評既刊

牧 秀彦

松平蒼二郎始末帳㈠
隠密狩り

常の如く斬り尽くせ。一人たりとも討ち漏らすな。将軍お抱えの隠密相良忍群の殲滅を命ずる五十がらみの男はかなりの家柄の大名らしい。そしてその男を父上と呼ぶ浪人姿の三十男——蒼二郎は亡き母の仇こそ彼らであると聞かされ〝隠密狩り〟を決意する。

牧 秀彦

松平蒼二郎始末帳㈡
悪党狩り

花月庵蒼生と名乗り生花の宗匠として深川に暮らすのは世を忍ぶ仮の姿。実は時の白河藩主松平定信の隠し子である松平蒼二郎は、徳川の天下に仇為す者どもを闇に葬る人斬りを生業とする。ある日、鞍馬流奥義を極めた能役者の兄弟が蒼二郎を襲った。

徳間文庫の好評既刊

牧　秀彦

松平蒼二郎始末帳三

夜叉狩り

生花の花月庵蒼生といえば江戸市中に知らぬ者はない。蒼さんの通り名で呼ばれる浪人の本名が松平蒼二郎であることを知るのは闇に生きる住人たちだけ。その一人、医者丈之介を通じ、深川の質屋を舞台とした凄惨な押し込み強盗と関わることとなり……。

牧　秀彦

松平蒼二郎始末帳四

十手狩り

巨悪を葬る人斬りを業とする松平蒼二郎。仲間と共に人知れず悪を斬る。だがその正体が、火付盗賊改方荒尾但馬守成章に気づかれてしまう。成章としては好き勝手に見える彼らの闇仕置を断じて容認するわけにはいかぬ。追いつめられた蒼二郎たちは……。

徳間文庫の好評既刊

牧 秀彦

松平蒼二郎始末帳㈤

宿命狩り

やはり潮時なのかもしれぬな……。松平定信の密命で暗殺を行う刺客として生きてきた蒼二郎。しかし今は市井の民のための闇仕置にこそ真に一命を賭して戦う価値がある——そう思い始めていた。父と決別した蒼二郎であったが新たな戦いが待ち受けていた。

牧 秀彦

松平蒼二郎無双剣㈠

無頼旅

奥州街道を白河へと下る松平蒼二郎。かつては実父である白河十一万石当主松平定信に命じられ悪人を誅殺する闇仕置を行っていた。今はある壮絶な覚悟をもって、その地を目指している。蒼二郎が守らんとする母子は、蒼二郎を仇と思うべき存在であった。

徳間文庫の好評既刊

牧 秀彦

松平蒼二郎無双剣㈡

二人旅

蒼二郎は京に旅立とうとしていた。実の父松平定信との因縁を断ち切り、己を見つめ直す旅である。そこへ白河十一万石の跡継ぎである弟の定永が姿を現した。半月前に賊に襲われ宿直が二名斬られたという。黒幕は禁裏すなわち朝廷であると定永は語る…。

牧 秀彦

松平蒼二郎無双剣㈢

別れ旅

弟が襲われた裏側に、幕府を滅ぼそうとする陰謀を感じた蒼二郎は、新たに仲間に加わった定信お抱えの忍びの者百舌丸とともに、京の都へ向かう。今回の敵は禁裏、公家である。そこでは最強の刺客との対決が待っていた。剣豪小説の傑作シリーズ、完結。